주부, 퇴근하겠습니다

시간 없는 세상에서
알뜰하게 나를 챙기는 법

최진경 지음

주부,
퇴근하겠습니다

헤윰터

어쩌다 보니 주부가 됐다. 그것도 '전업주부'. 사전적 의미에 따르면 '다른 직업에 종사하지 않고 집안일만 전문으로 하는 주부'란다. 주부의 일이라는 게 여느 직업 못지않게 시간도 품도 많이 들지만 여간해서는 인정도 돈도 받지 못한다. 조금 억울하다. 연차가 쌓여도 이력은커녕 있던 경력마저 끊기고 만다. 그다지 달갑지 않은 전문가인 셈이다.

어쨌든 집안일 전문인 주부가 됐으니까 살림과 육아 외에는 아무것도 하지 않아도 괜찮을지 모른다. 하지만 아무것도 하지 않아도 되는 주부이기에 외려 하고 싶은 건 뭐든 해볼 수 있지 않을까. 누가 강요해서 하는 게 아니라 자진해서 하는 것이다. 주부라서 느낄 수 있는 한계를 나는 기회로 바꿔보기로 했다. 하지 않아도 된다는 전제 아래 할 수 있는 것을 자유로이 해보기로.

'에라 모르겠다' 하고 이것저것 해본 일들이 참 좋았다. 매일 걷고, 틈틈이 책을 펼쳐 들거나 글을 쓰고, 작은 손을 사부작거려 뭔가를 만드는 그런 일. 하거나 안 하거나 둘 중 하나. 뭐든 좋으니 한번 해보자고 결심한 그날부터 비로소 가벼워질 수 있었다. 내가 해낸 작은 행위로부터 오는 성취감은 남이 채워주는 위로와는 결이 달랐다. 다음 날이 돼도 사라지지 않고 온전히 나를 지켜줬다. 하고 싶은 게 하나둘 늘어나니 멍했던 눈빛에 다시 생기가 돌기 시작했다. 도무지 끝나지 않을 것 같던 우울의 터널에서도 벗어날 수 있었다. 불만스럽던 일들이 감사한 일들로 바뀌어 나갔다.

언제부터 이렇게 긍정적이고 의욕 넘치는 사람이 된

건지, 나조차도 이런 변화가 낯설어 나를 한번 들여다보기로 했다. 나는 계획을 철저히 세우고 루틴을 완벽하게 지키며 사는 사람도, 성공을 위해 잠을 줄여가며 지치지 않고 달리는 사람도 아닌, 평범한 한 명의 주부일 뿐이다. 내 앞에 놓인 오늘을 어떻게 하면 더 의미있게 보낼 수 있을지 고민하고 뭐라도 시도해 보려는 사람. 그 시도가 행여 누구도 알아주지 않는 헛발질로 끝나버리거나 돈벌이나 앞날에 아무런 도움도 되지 않는다 해도 내게 의미 있는 일이라면 일단 해본다.

그렇게 타인이 아닌 나 자신에게 보여주려 시작한 소소한 루틴이 하나둘 모여 이 책까지 왔다. 그럴싸한 직함이나 명확한 결과물도 없이 아직은 해나가는 중인 내가 책을 써도 될까 지금 이 순간에도 걱정이 많다. 하지만 결과가 아닌 과정이 궁금한 누군가도 있지 않겠냐며, 평범한 나이기에 이 이야기에 공감할 사람이 더 많지 않겠냐며 마음을 다독인다. 생각해 보면 지금의 내가 되기까지 어떻게 해야 나를 위한 시간을 낼 수 있는지, 어떻게 해야 나만의 루틴을 건강하게 만들 수 있는지 등을 주부의 일상에 맞춰 처음부터 다시 배워야 했다. 이 책에는 시간 관리, 육아, 자기계발에 이르기까지 내가 변해온 동기와 과정을, 그 순간의 감정과 생각을 진솔하게 담으려 했다. 주변의 냉소적인 시선에도 무심한 듯 그럭저럭 잘 살아내고 있는 현실 주부의 모습을 가감 없이 적었다.

내 글은 로망이 아닌 현실이다. 마음 갑갑하고 서러운, 어쩌면 그래서 더욱 친근할지 모를 주부의 이야기. 내 변화와 그로 인한 충만한 기쁨이, 지금 이 글을 읽고 있는 모두의 이야기가 되길 바란다.

2023년 여름,

최진경

차 례

2장 전업주부 레벨 업

3장 주부 너머의 세계

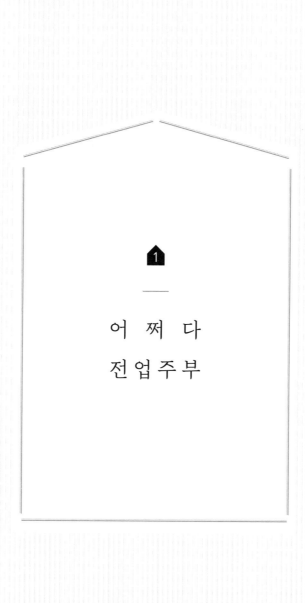

1

어 쩌 다
전업주부

주부 업무일지

오전 걷기는 복잡한 상황이나 머릿속과는 별개다. 그
냥 한다, 무조건. 주부에겐 체력이 생명임을 7년 차 주
부가 되고 나서야 절절히 느낀다. 걷기를 거르면 온종
일 마음에 허기가 진다. 몸과 마음이 단순하게 서로 영
향을 주고받는다. 몸은 마음에 따라 움직이고 마음은
몸에 따라 움직이니까. 둘 중 하나가 무너지면 남은 하
나까지 맥없이 휩쓸리고 만다. 몸이 처지면 기분이 가
라앉고 가라앉은 기분은 가족에게 그대로 전해진다.

후유증은 부메랑처럼 고스란히 내게 돌아와 꽂힌다. 무섭도록 예리하게 정확한 원인에 의한 적절한 결과가 되어 온다. '너 요새 함부로 지냈지, 옜다.' 잦은 감기, 무기력감, 허리 통증, 아이들의 투정, 남편의 서늘한 말투. 무엇이 됐든 내가 받는 타격은 크다. 그러니 안녕한 하루를 바란다면 오전엔 되도록 기분도 체력도 모두 챙길 수 있는 일을 찾아 한다. 오후쯤에는 괜찮은 결과로 돌아와 주길 고대하면서. 늦은 저녁까지 버티려면 할 수 있을 때 충전을 충분히 해둬야 한다. 혼자 있는 온전한 내 시간에, 내 힘으로, 미리미리.

그래서 오늘도 걸었다. 세 살 둘째 단이의 등원을 도운 다음 집으로 곧장 가지 않고 공원 가는 샛길로 빠졌다. 처음엔 20분으로 시작한 걷기가 얼마 지나지 않아 40분으로 늘었고 이제는 한 시간을 채우고 집으로 간다. 양껏 먹고도 체중을 유지하려고 시작한 일인데 어느새 처음의 목적을 잊은 채 '걷기' 그 자체에서 오는 기쁨을 만끽하게 됐다. 한 발, 또 한 발 성큼성큼 내디딘다. 마음은 차분히 가라앉고 맥박은 기분 좋을 정도의 긴장감을 유지하며 발걸음에 맞춰 활발히 뛴다. 바닥을 보이던 에너지가 슬며시 차오르며 감돈다. 탄탄 쫀쫀한 허벅지를 위해 9층인 집까지는 계단을 걸어 올라간다. 그리고 집으로 들어와 '오전 걷기' 목록에 체크.

　아침에 일어나면 주로 먼저 글을 쓴다. 전날 잠들기 전 오늘은 뭘 했고 어떤 감정이 들었는지, 배운 건 있는지, 있다면 뭔지 짤막하게 적어뒀다가 다음 날 아침에 이어 쓴다. 오전 내내 틈틈이 다듬어 마무리 짓는다. 일상이란 게 그렇겠지만 주부의 일상은 특히 적어두지 않으면 그 어디에도 남지 않는다. 업무일지가 있는 것도 아니고 집안일이 공적인 성과로 기록되는 것도 아니니까. 얼핏 보면 매일 똑같아 보이고 별일이랄 것도 없기에, 그런 인식 때문에라도 그저 그런 하루가 돼버리고 만다.

　그렇기에 생각날 때마다 자주 적는다. 기억을 뒤적이며 그날그날의 의미를 발견해 내려 노력한다. 나 오늘도 나름 애썼는데. 잘 살아냈다고 증거 하나쯤 남겨

두고 싶어 키보드를 두드린다. 컴퓨터 앞에 앉은 내가 좋다. 살림이 아닌 일로 바빠 보이는 내 모습이 좋다. 이른 아침부터 업무 하나 해치웠다는 생각에 마음도 든든하고. '아침 글쓰기' 목록에도 체크.

칼슘제와 비타민을 잊지 않고 챙겨 먹는다. 기분 탓일까, 잔병치레가 좀 줄었다. 혼자 먹는 아점에도 신경을 쓴다. 무지개 방울토마토와 마늘, 냉동 새우를 꺼내 다듬는다. 팬에 담긴 오일 파스타를 아무 생각 없이 접시에 쏟다가 아차 싶어 잠시 멈추고 젓가락을 든다. 아래쪽에 아무렇게나 박힌 새우를 끄집어내 가운데 올리고 토마토를 적당한 자리로 옮긴 뒤 파슬리 가루를 뿌린다. 혼자 있을 때일수록 예쁘게 담아 먹기로 나와 약속했다. '나 밥 먹어요, 예쁘게 차려서 먹어요' 하고 SNS에 올릴 사진도 몇 장 찍어둔다. 한 손에는 포크를, 한 손에는 폰을 들고 입을 오물거리며 메일을 확인한다. 정기 구독 중인 재테크 칼럼을 훑고 중요한 내용이나 활용할 만한 부분을 메모 앱에 옮겨 적는다. 후루

룩, 후룩후룩, 유튜브를 튼다. <월급쟁이 부자들>. 월급쟁이 남편에 외벌이 가정이지만 소박한 부자라도 되고 싶어 보는 채널이다. 한 편을 1.25배속으로 보면 찬찬히 꼭꼭 씹어 파스타 한 접시를 다 비웠을 때 영상도 함께 끝난다. '건강 챙기기', '부동산 공부' 목록에도 체크.

11시가 되면 서둘러 방으로 출근한다. 매일 뭔가 꾸준히 공들여 하지 않으면 몇 년 뒤 아무것도 남아 있지 않을 것 같아서, 정말 그렇게 된다면 짐작해 보건대 무척 침울하고 허탈할 것 같아서 나름의 업무 시간을 정해뒀다. 나만 아는 노력의 시간이 소복이 쌓여간다.

전업주부는 프리랜서와 닮았다. 수익이 있든 없든 묵묵히 일해야 하고 결국 혼자만의 긴긴 투쟁을 한다는 점에서 그렇다. 내 시간과 노력을 어디에 쏟아부었는지 증명해 줄 결과를 만드는 데 집중한다. 저녁 식탁에 놓일 훌륭한 요리가 될 수도 있고 말끔하게 정돈된 집 풍경이 될 수도 있지만 나는 내가 하고 싶은 일에 더 비중을 두기로 했다. 명확하게 눈에 보이도록 '남는' 결과물을 하나쯤 갖고 싶다. 직장인이 일하며 취미를 갖듯 주부도 살림하며 얼마든지 원하는 일을 할 수 있다.

처음엔 그러지 못했다. 그러지 못하는 동안 느낀 서글픈 감정을 쉬이 잊지 못한다. 가정을 돌보는 일은 내게 충분한 동기가 돼주지 못했다. 물 위에 길을 내듯 아무리 긋고 또 그어도 흔적 하나 남지 않았다. 하지만 돌이켜 보니 그런 기간을 지나왔기에 그러지 않으려 애쓰는 지금의 내가 있다. 제법 씩씩해진 내가 그 덕에 있다.

속에 담아둔 얘기를 자유로이 쓴다. SNS에도 적고 메모 앱에도 기록하고 한글 파일로도 저장해 둔다. 지분으로 따지면 쓰기 70에 읽기 30 정도 되려나. 아무튼, 글. 누군가에게는 그림이, 자격증이 될 수도 있겠고 또 다른 누군가에게는 매년 써온 가계부나 알뜰히 모은 적금 통장이 될 수도 있겠다. 뭐가 됐든 나 스스로 인정할 만한 결과물을 만들기 위해 시간을 보낸다. 내 시간을 나에게 쓰는 당연한 행위를, 이제야 할 수 있게 됐다. '오후 글쓰기와 독서' 목록에도 체크.

3시 10분 전. 여섯 살 된 첫째 서이를 데리러 갈 시간이다. 아이를 마중 나가는 길은 늘 다급하다. 퇴근은 2시로 정해졌지만 그렇게 되지 않을 때가 많다. 나가기 5분 전까지 하던 일을 정리하다가 급히 현관문을 박차듯 나선다. 아무도 뭐라고 하지 않는데, 쫓길 이유가 없는데 어째서 이렇게 빡빡하게 지내는 걸까. 좋아하는 일을 찾았다는 하나의 근거쯤으로 여겨도 될까. 시간이 날 적마다 특별히 고민하지 않아도 하고 싶은 일이 있다는 건 살아갈 분명한 이유가 된다. 아침에 눈떴을 때 별다른 우울감 없이 덤덤히 오늘을 받아들일 수 있게 된 것도 아마 이 때문이지 않을까 싶다.

　이제는 나의 쓸모를 확인할 수 있는 일이라면 뭐든 나서서 기쁘게 한다. 이 일 저 일 벌이며 하나씩 수습해가는 과정을 반기고 기꺼이 즐긴다. 업무일지가 빽빽이 적힌다. 그래서일까, 시간이 잘 가도 너무 잘 간다. 요즘 말로 순삭이다. 행복한 사람은 시계를 보지 않는다던데. 아무래도 나 좀 행복한가 보다.

2

분위기 코디네이터

여유로운 오후를 위해 집안일은 오전에 미리 해둔다. 창문을 열어 밤새 붙들려 있던 공기를 바깥으로 풀어준다. 이불을 각 잡아 개고 정돈된 침실을 보며 마음도 반듯이 다잡는다. 청소기를 끌고 다니며 구석구석 흩어져 있던 먼지를 빨아들인다. 걸레를 빨아 바닥과 문틀, 선반까지 싹싹 닦는다. 어차피 내일이 되면 도로 아미타불이겠지만. 물에 락스를 풀고 변기 솔 야무지게 쥐고 욕실 구석구석을 꼼꼼히 닦는다. 쿰쿰한 냄새 대신 수영장 냄새 폴폴 풍기면 합격. 이렇게 온 집 안을 때 빼고 광내다 보면 오전이 순식간에 지나간다.

한숨 돌리고 소파에 앉아 바닥에서 뒹굴며 옹알이하는 아이를 바라본다. 남들은 잘 알아듣지 못할 우리만의 대화가 오간다. 아이는 하루가 다르게 커간다. 조막만 하던 발바닥은 어느새 손마디 하나만큼이나 더 커져 제법 사람 발다워졌다. 주름 하나 없이 푸딩처럼 반들반들한 발바닥에 입을 맞추며 중얼거린다. "요 조그만 발로 얼마나 멀리 가볼 거야, 아가? 지구 한 바퀴 돌고 엄마한테 와서 꼭 자랑해 줘." 발가락 사이사이 낀 솜털 같은 먼지마저 사랑스럽다.

내킬 때 하면 재밌던 요리가 끼니마다 의무적으로 차려내려니 영 재미가 없다. 소꿉놀이할 때는 서로 엄마 역할을 맡으려 난리를 치고 연애할 때는 아내 흉내 내가며 애인 맛있는 거 만들어 준다고 설치더니, 막상 실컷 할 수 있게 되니 '정뚝떨'이다. 냉장고 털어 있는

재료로 만들 수 있는 쉽고 간단한 음식을 후다닥 완성한다. 한 끼 '때우는' 게 목표라면 목표일까. 낱개 포장된 조미 김과 오래 먹을 수 있는 장아찌나 젓갈, 냉동식품 몇 가지 정도는 있어야 그나마 안심이 된다. 그런데도 왜 저녁 걱정은 마를 날이 없을까. 작았다 컸다 가늘었다 굵었다 인간미 넘치던 어설픈 칼질은 이제야 조금 가지런해졌다. 다듬기 어려운 채소는 아예 엄두도 못 내거나 꼭 사야 할 경우 손질된 걸 고른다. 엄마에겐 노파심에 간혹 잔소리를 날린다. "그걸 언제 다 하고 있어, 시간 낭비라니까. 그러다 요통 도진대도." 나중엔 모르겠으나 아직까진 이해 불가다. 대체 주부 9단은 언제쯤 될 수 있는 걸까.

특히 서이의 평가는 냉정하다. 씹다가 뱉거나 촉감놀이라도 하면 그나마 다행이고 아예 외면하는 일도 부지기수다. '서이용' 규칙이 하나둘 늘어간다. 1. 초록색 요리 금지(어떻게든 숨겨, 응?) 2. 식감은 부드럽게, 면은 최대한 푹 삶아 익힐 것 3. 생선은 퍽퍽해지니 너무 바짝 익히지 말 것 등. 나름 털털 걸걸 소리 들으며 지내던 내가 어쩌다 이렇게 조그만 아이 하나에게 절절 매며 지내고 있는지 신기할 따름이다.

사랑이란 이런 거지 싶다. 내가 좀 번거롭고 불편해 진다 한들 아랑곳 않고 상대의 필요를 묵묵히, 마음 다해 채워주려 애쓰는 것. 내가 아이였을 땐 뭔지도 모르고 당연한 양 받은 것들이다. 막상 주려고 보니 마음 깊숙이 감동이 끓어오르며 이제야 그 출처가 보인다.

어린 시절, 계절이 바뀔 적마다 엄마는 식탁보를 갈 았다. 봄에는 화사한 색감의 아기자기한 잔꽃 무늬가 펼쳐졌고 겨울이면 따뜻한 색감의 도톰한 천이 식탁을 둘렀다. 베란다에는 올망졸망한 화초로 꾸며진 엄마만의 정원이 있었다. 그 틈에서 들려오던 십자매 한 쌍의 지저귐이 귓가에 맴돈다. 엄마 손길 닿아 바뀌던 집 안 곳곳의 풍경이, 다정다감한 분위기가, 얼마나 깨끗하게 닦았던지 반드럽다 못해 미끄러운 바닥에 발바닥이 가닿는 감촉이 여태 생생하다. 머리카락 한 올도 집착하며 집어대던 모습이 그때는 의아했는데 이제는 이해할 수 있을 듯하다(불행인지 다행인지 나는 그 경지까진 이르지 못했다).

뱅어포를 볶는 날엔 양손에 턱을 괴고 식탁 앞에 앉아 달달 짭조름한 냄새를 맡으며 나무 주걱이 내 손에 넘어오길 기다렸다. 주걱에 잔뜩 눌어붙은 깨소금을 먹는 게 좋았다. 따닥따닥 고소하게 씹히는 깨를 야금야금 아껴가며 떼어먹고 있자면 꼭 고래밥 한 봉지를 비우고 손끝에 묻은 양념 빨아 먹을 때처럼 혼자 신이 났다. 이게 하이라이트네 하면서. 별것도 아닌데 그렇게나 좋아하는 나를 보며 엄마의 '진경용' 규칙도 그때 하나쯤 더 생겼겠지. '볶음 요리 후 깨 주걱은 진경이에게 넘길 것'.

콩나물 다듬는 방법을 일러주면 꽁지 떼어내는 재미에 시간 가는 줄 몰랐다. 봄에는 냉이와 쑥을, 여름에는 고구마 줄기를, 어쩌다가는 시래기를. 남은 건 배움보다는 단순한 재미뿐이었지만 그래도 이런 경험이 하나둘 모이고 쌓여 결국 어린 시절 행복을 좌우하는 게 아닐까. 다듬은 나물을 오물조물 무쳐 양념하고 임연수어 굽는 내가 온 집 안에 진동하면 퇴근한 아빠가 초인종 누를 시간이 다가옴을 짐작할 수 있었다. 구수한 생선구이 냄새와 칙칙 압력밥솥 소리, 밥상을 차리던 엄마의 분주한 손길 그리고 그 모든 광경을 물끄러미 바라보던 작은 나. 까마득하게 느껴지다가도 떠올리면 어느새 선명히 되살아난다. 엄마가 만들어 준 예쁜 나날. 앞으로 내가 해나가야 할 숙제기도 하다.

전엔 잘 몰랐다. 주부로서 나의 일상이 어떤 의미를 갖는지. 집안일은 그냥 해야 하니까 귀찮지만 하는 것이라고만 여겼다. 아무리 해도 티 안 나고 힘만 드는 일이라 마냥 싫었다. 이제는 알겠다. 오늘 내가 닦은 우리 집 구석구석, 물건 하나하나, 정성껏 차린 음식, 다정한 말투와 미소가 모여 우리 집 분위기가 된다는 것을. 그리고 그것이 얼마나 중요한지도. 시간 낭비라 여겼던 일들이 때론 더 가치 있을 수 있다는 사실도.

이제는 집안일이 그렇게 싫지만은 않다. 엄마가 만들어 준 고마운 기억 떠올리며 기쁘게 숙제를 한다. 사소한 것 하나에도 진심을 담으려 애쓴다. 비록 눈부신 커리어가 쌓이진 않을지라도, 남들 눈엔 아무것도 안 하고 애만 키우는 평범한 아줌마로 보일지라도 괜찮다. 나는 우리 집 분위기 코디네이터니까.

3 전지적 참견 시점

감기와 어깨 결림, 난방비 폭탄의 계절, 겨울이 왔다.
아이들의 기침과 콧물이 조금 잦아들고 나서야 내 일
을 드문드문 이어나갈 수 있었다. 얼마 못 가 또 다른
어딘가가 삐거덕대며 맥이 끊겨버리지만 한두 번 있는
일도 아닌데 새삼스럽게 뭘 그러냐며 아주 잠시만 미
뤄두는 것뿐이라고 쓰린 마음을 달랜다. 집 안 모든 시
스템이 무탈하게 돌아갈 날만을 기다린다. 아이들이
웬일로 싸우지 않고 꽁냥꽁냥 잘 놀고 내게는 책을 읽

을 수 있는 약간의 시간이 주어지고 수수한 일상을 기록해 남길 여유가 허락되는 그런 날. 늘 부족하지만 그래서 더욱 귀하게 느껴지는 보통날들.

애들 둘 다 커서 원에 가게 되면 그런 날들이 늘어나리라 기대했다. 그동안 전무했던 내 시간이 무려 다섯 시간이나 생기니 기뻐야 마땅했다. 그런데 벌써 몇 달이 지나도록 사라지지 않는 찝찝함의 원인은 뭘까. 하는 건 많은데 딱히 뭘 했는지 모르겠다. 아이를 바래다주고 집에 와 혼자 있는 시간에 내가 뭘 하는지 유심히 지켜보기로 했다. 나도 모르게 흘러가 버리는 일상을 한 번쯤 객관적으로 바라볼 필요가 있었다.

안방으로 들어가 이불을 개고 정돈한다. 바닥에 떨어진 머리카락과 먼지를 돌돌이로 떼어낸 뒤 주방으로 나온다. 식탁에는 조금 전 서이, 단이에게 머리 묶는 동안 먹으라고 준 밥과 달걀 프라이, 가위로 사정없이 쏘삭거린 소시지, 밥알과 한데 뒤섞인 멸치볶음이 남아 있다. 내면의 나는 냉큼 접시를 들어다 싱크대에 갖다

엎으라고 외치지만 현실의 나는 어느새 아이들 접시를 들고 밥솥으로 가 밥을 푼다. 아이들이 먹다 만 지저분한 접시에 밥만 몇 술 더 얹어 잔반 처리를 도맡는 이런 내 행동에 의구심이 든다. 처음엔 '울 애기'들이 먹다 남긴 것쯤 얼마든지 먹을 수 있다며 생색냈다. 그게 아이들을 향한 애정의 크기를 가늠하는 증거라도 되는 양. 비위가 약해 차마 먹지 못하는 남편 앞에서 "이것도 못 먹어? 아빠 맞아?"라며 우쭐댔다. 그런데 날이 갈수록 영 헷갈린다. 이게 과연 절약일까 청승일까 싶어서. 허공을 응시하며 꼭꼭 씹어 먹는다. 싹 비운 그릇을 싱크대로 옮기고 그득 찬 빨래 바구니를 세탁기에 탈탈 털어 넣는다. 설거지하면서 세탁기 돌아가는 소리 듣는 게 좋다. 알바생 하나 두고 있는 듯해 든든한 느낌이랄까.

건조기를 사기 전엔 뭐 이리 비싸냐며 반년 넘게 뜸 들였는데 결과만 놓고 보면 궁상이었다. 어차피 살 거 그냥 사라던 남편 말이 옳았다. "그러네. 어차피 샀네. 이왕 살 거 빨리 사지 왜 그랬어." 속으로 생각만 해도 될 걸 듣는 사람도 없는데 자꾸 혼잣말을 읊조린다. 어릴 적 혼잣소리 자주 하는 엄마를 보며 왜 저러나 싶었는데 어느새 내가 그러고 있다. 엄마도 나처럼 말할 상대가 없어 적적했을까. 이제야 엄마 마음을 조금 헤아릴 수 있게 됐다.

이후에는 주로 장을 보거나 청소를 한다. 3시쯤 서이를 데리러 가야 하는데 2시도 채 안 돼 압박감에 시달린다. "벌써 시간이 이렇게나 됐다고?" 믿기지 않는다는 듯 중얼거린다. 남은 시간이라도 유익한 뭔가를 하고 싶다고 머리로는 생각하지만 몸은 어느새 물먹은 솜처럼 소파에 축 늘어진다. 누운 채 폰을 들고 온라인 쇼핑몰에서 옷장 정리용 수납함을 검색한다. 뭘 사야 잘 샀다고 소문이 날까. 고르는 데 심취해 시간 가는 줄 모른다. 느닷없이 얼굴 위로 폰이 툭 떨어진다. 악 소리 날 만큼 아파 코를 부여잡고 있다가 잠시 졸았다는 걸 알고 화들짝 놀라 시계를 본다. "2시 56분! 망했다!" 벌떡 일어나 마스크만 챙겨 들고 부랴부랴 뛰쳐나가 엘리베이터를 탄다. 1층 버튼을 다급히 누른다. 거울 속

나와 잠시 마주하는 시간. 부스스한 머리, 멍한 표정. 다급한 심장만 분주히 뛴다.

애써 웃으며 아이를 맞는다. 행여 아쉬움이 드러나진 않을까 염려돼 일단 웃고 본다. 엄마가 돼서 잘하게 된 것 한 가지. 안 괜찮은데 괜찮은 척하기. 현실의 내가 아이를 끌어안고 보고 싶었다고 한다. 내면의 나는 또 뭘 하다 시간을 다 흘려보냈을까 기억을 더듬는다. 떨떠름한 얼굴과 흐릿한 눈. 내 시간을 제대로 쓰지 못했다는 증거다.

주부는 얼핏 자유로워 보이지만 그렇지 못하다. 모처럼 내 할 일 조금 했다 싶으면 방치된 집이 나 좀 봐달라며 운다. 깨끗이 치우고 나면 얼마 못 가 다시 난장판이 된다. 아이들 성화에 함께 놀고 나면 요리 시간이 줄어 저녁 밥상이 단출해진다. 내 일에 집중하면 가족에게 소홀해지고 가족과 시간을 충분히 보내면 그간 뚝 끊겨버린 일정을 급히 쫓느라 허덕이게 된다. 그날그날의 우선순위를 단호히 정하고 나머지는 아쉽더라도 포기해야 한다. 자유와 통제 사이를 적절히 오간다.

자유로운 듯, 자유롭지 않게. 그래야 자유도 통제도 비로소 온전히 제 역할을 할 수 있으니까.

쓸고 닦고 밥 짓고 아이 키우고 돈 관리하고 집안 행사까지 챙겨야 하는 나는 우리 집 총무이자 잡무 담당이다. 골고루 잘하는 덴 영 소질이 없는 내게 주부의 일은 때로 버겁다. 이렇게 중요한 역할을 도맡아 하는데 어째서 존재감도 보람도 적을까. 한 가지 일을 깊이 있게 하지 못하고 여러 가지를 전부 그럴듯하게 소화해내야 해서 그런 건 아닐까. 주부는 본의 아니게 팔방미인이다. 하나만 전문으로 하기엔 시간이 턱없이 부족한, 놀랄 만큼 많은 일을 해내느라 한 가지 일조차 제대로 할 수 없어 슬픈 사람. 인정하기 싫지만 그게 내 직업이다.

4   **엄마라는 장래희망**

'결혼'이라는 단어가 튀어나오자마자 면접실 분위기는 싸해졌다. 이렇다 할 대단한 이력은 아니지만 그렇다고 부족한 점도 딱히 없었다. 적어도 업무 면에서는 그랬다. 그간 반복해 다뤄온 일을 새로운 회사가 지향하는 방식대로 적용만 하면 별 무리 없이 인계 가능한 상황이었다. 적격자라고 판단됐는지 호의적인 대접을 받으며 대화를 이어가던 참이었다. 당장 내일부터라도 출근하라고 할 것처럼 농담도 주고받으며 화기애애하게.

몇 달 뒤 있을 결혼 얘기를 꺼내기 전까지는 그랬다. 당황한 기색이 역력해서는 자녀 계획도 있냐고 묻는 상대 표정만으로도 결과를 직감할 수 있었다. 당장은 아이 계획이 없으며 업무에 지장 주지 않게 하겠다 하니 '알겠다'며 더 할 얘기가 없다는 듯 말끝을 흐린다.

뭘 알겠다는 걸까. 잠시 침묵이 흐른 뒤 급작스레 자리를 마무리하는 분위기에 쫓겨나듯 사무실을 나왔다. 독신주의자를 뽑는다는 말은 구인 공고에 없었다. 엘리베이터 버튼을 누르는 손이 파르르 떨린다.

몇 년 전 다른 분야로의 이직을 과감히 결정했다. 더 늦기 전에 더 잘하고 좋아하는 일을 해보고 싶었다. 그동안 해온 일과는 결이 달랐기에 이전 경력을 이어갈 수 없었다. 바짝 엎드려 간신히 취업에 성공했다. 경력을 인정받지 못하니 시작점이 낮아 해마다 급여가 올라도 만족스럽지 못했다. 그래도 확신만 있다면. 남들 더 버는 만큼 덜 쓰고 아껴 모으면 되지 싶었다. 야물지 못하고 어리숙해 해마다 돌아오는 연봉 협상에서도 의견 한마디 당당히 뱉지 못하고 우물쭈물했다. 3년 차쯤 되니 슬슬 의구심이 들었다. 대체 얼마나 지나야 원하는 만큼 받을 수 있을까. 언젠가 받긴 받을 수 있을까.

배운다고 생각하라고, 재미와 보람을 느끼면 된다고 교과서적인 뻔한 말로 슬쩍 본질을 덮어 넘기려 했다. 그러다 타 부서 직원 연봉을 우연히 알게 됐다. 그것도 제법 친하게 지내는, 나보다 늦게 입사한 동료의 급여가 내 급여보다 높았다. 꽤 단단하다고 여겼던 표면에 바지직 금이 갔다. 얼마 차이도 안 나는 숫자에, 얼마 안 되던 알량한 자존심이 무너져 내렸다. 순식간에 열정이 서늘하게 식었다. 한번 부정적인 생각에 사로잡히니 부정이 부정을 낳고 그 부정의 새끼가 다시 새끼를 치며 걷잡을 수 없이 무력해졌다. 그런 나를 나도 어찌할지 몰라 방황하는 날들이 이어졌고 결국 퇴사를 결정했다. 조금 쉬다가 이직하면 되지 뭐. 쿨한 척 성급히 소속을 버렸다.

처음부터 주부가 될 생각은 없었다. 퇴사 후 복잡한

심경을 추스르고 이직 전 의지도 다질 겸 잠시 휴식을
갖길 바랐을 뿐이다. 더 나은 환경에서 내 가치를 제대
로 인정받으며 다시 시작하고 싶었다. 그러나 이직은
그리 간단하지도 쉽지도 않았다. 면접에서의 불평등한
대우도 처음엔 별것 아닌 듯 대수롭지 않게 여겼다. 그
런데 언제부터였을까. 결혼 생활과 일을 병행하는 것
에 막연한 두려움이 생겼다. 시댁도 없고 친정도 먼 내
가 과연 해낼 수 있을까. 아이가 생겨도 업무에 지장 주
지 않을 수 있다고? 어떻게? 무슨 수로? 면접관에게 들
은 질문을 몇 번이나 자문했지만 스스로조차 확신할
수 없었다.

그렇게 몇 달 뒤 결혼을 했고 나는 전업주부가 됐다.

아무도, 아무 말도 하지 않는데 왠지 모를 조바심이
따라다녔다. 당장 뭐라도 하지 않으면 안 될 것 같아 안
절부절 눈치 보고 변명했다. 그 누구도 아닌 '나'한테.
전업주부인 나를 받아들일 시간이 필요했다. '너는 주
부야' 하고 말하면서도 계속해서 기회를 달라고 애처

롭게 졸랐다. 소속이 없다는 것, 내 능력을 필요로 하는 곳이 사라졌다는 것이 마치 내 무능력을 상징하는 듯했다.

창업 관련 책을 펼쳤다. 회사를 나와 원하는 일로 비교적 잘 자리 잡은 이들의 사례가 적혀 있었다. 언젠가 전공을 살려 공방을 운영해 보고 싶다는 생각을 했었는데 그에 관한 내용이 있어 흥미로웠다. 그중 한 가죽공예가가 눈에 띄었다. 직접 그를 찾아가 배워보고 싶었다.

예전부터 해보고 싶었다고 조심스레 얘기하니 당연하다는 듯 "그럼 해야지"라며 수업부터 들어보라고 권하는 남편이 고마웠다. 유부녀의 든든함이란 이런 걸까. 하지만 수강료만큼은 내 힘으로 벌고 싶었다. 결혼한 지 얼마 되지 않은 시점이라 더 그랬는지 모르지만 그때까지만 해도 남편이 벌어다 주는 돈이 완전한 '우리' 돈처럼 느껴지지 않았다. 그의 돈을 대신 관리하고 빌려 쓴다고 여겼던 것 같다.

집에서 가까운 미술학원 채용 공고를 발견하자마자

이력서를 넣었다. 정식 출근은 조금 두렵고 워밍업 차원에서 시간제 근무라도 해보기로 했다. 아이들을 가르쳐 번 돈으로 공방에서 공예를 배웠다. 얼마가 됐든 내 힘으로 일하고 벌어 그걸로 하고 싶은 일을 할 수 있다는 사실만으로 마음이 놓였다.

몇 개월에 걸쳐 가죽공예 기초 과정을 마치고 소소하게 용돈 벌이를 해보기로 했다. 몇 가지 소품과 유아용 머리핀을 만들었다. 로고를 만들고 포장과 배송을 위한 구색을 갖췄다. 아이디어스에 입점하고 간이 사업자로 등록해 스마트 스토어도 개설했다. 종일 바느질하느라 손은 저릿저릿하고 눈은 침침했다. 하지만 들이는 정성과 시간 대비 단가가 맞지 않았고 홍보력도 달려 잘 팔리지 않았다. 살 사람도 없는데 만들 이유가 없었다. 하기가 싫어졌다.

그즈음 유산을 겪었다. 선홍색 핏빛으로 물든 욕실 바닥. 울면서 홀로 택시를 잡아타고 산부인과에 갔던 기억. 장면 하나하나 전부 선명한 악몽으로 남았다. 사소한 것에 겁이 나기 시작했다. 임신부에게 좋지 않다는 모든 것을 집착하듯 경계했는데 공예에 쓰는 본드 냄새도 그중 하나였다. 그렇게 다 손에서 놔버렸다.

공교롭게도 어렵게 다시 아이를 갖자마자 일하길 원했던 곳에서 이력서를 긍정적으로 검토했다며 면접 제안을 해왔다. 제안은 감사하지만 임신 중이라 가기 어려울 것 같다고, 죄송하다 하고 끊었다. 아쉬웠지만 당시 내게 아이를 지키는 일보다 중요한 건 없었다. 열 달동안 배 속에 있는 태아 생각만 하며 조심조심 지냈고 그렇게 서이가 태어났다.

성과에만 연연하는 냉정한 세상에서 심지 약한 내가 발 딛고 설 자리는 없어 보였다. 그래도 물러나지 않기로 했다. 눈에 띄는 결과는 얻지 못했지만 두려움에 지지 않고 해보고 싶었던 걸 해본 것으로 충분했다. 적어도 시도는 해봤으니까. 누군가는 생각만으로 그치거나 취미로만 하다 관둘 일이었지만 그러지 않은 나와 내 시간을 인정해 주기로 했다. 노력은 결과와 별개로 존

중받아야 마땅하니까. 연이 닿지 않은 일에 대한 미련
도 그만 접기로 했다.

그 누구도 아닌 내 선택이었다. 지금은 원하던 딸 둘
낳아 키우고 있으니 이보다 더 큰 기쁨이 어디 있을까.
나는 지금 그토록 되고 싶었던 '엄마'다.

5   **당신이 나가서 돈 벌어**

그렇게 힘들면 당신이 나가 일하면 되지 않겠냐고 따져 묻는 남편 앞에서 할 말을 잃은 채 우두커니 서 있었다. 요즘은 여자가 벌고 남자가 육아하는 집도 많다는 한마디가 더 덧붙었다. 들끓는 속과 다르게 혀끝이 얼어붙었다. '뭐라고 말 좀 해봐.' 눈물 댐이 순식간에 차올라 버티지 못하고 툭, 힘없이 무너져 내렸다. 원망과 서운함이 깃든 눈빛으로 그를 쏘아봤다. 더는 말도 섞고 싶지 않았다. 그냥 요새 좀 힘들다고 하소연한 것뿐인데 자신을 탓하는 듯 들려 언짢았나 보다. 서로 민감한 시기에 괜한 얘기를 꺼냈다. 후회해 봤자 돌이키기엔 늦었고 이를 어쩐다. 할 말은 가득인데 목이 메어 아무 말도 못하겠다. 남편은 내 편인 줄 알았건만 이럴 때 보면 남의 편이 맞다. 내가 철저히 내 편이듯 그도 그 자신 편인 것이 어찌 보면 당연한데 왜 이리 서운한지 모르겠다. 이럴 때는 차라리 생판 모르는 남이 더 낫겠다 싶다.

아이들은 엄마 한 번 봤다 고개 돌려 아빠 한 번 봤다 다시 서로를 쳐다보며 의기소침해져서는 입술을 삐죽 내민다. 그렇게 두 천사는 예민한 어른들의 강렬한 접전을 자장가 삼아 지쳐 곤히 잠들었다.

다음 날 문자메시지를 보냈다. 어제 무슨 생각으로 그렇게 말한 거냐고 물었다. 행여 피곤해 실언했는지 확인해 보고 싶었고 부디 그랬길 바랐다. 그냥 "말 그대로"라는 답이 왔다. 정 힘들면 내가 집에서 애들 볼 테니 일하고 싶어 하던 당신이 나가서 벌면 되지 않냐고,

나만 원한다면 자긴 그렇게 해줄 수 있단다. 수만 가지 잡념이 머릿속을 떠돈다. 순수한 의도로 나를 배려하려 한 말은 아닐 테고. 그의 진심은 과연 뭘까.

물론 일은 하고 싶다. 하지만 벌써 6년 넘게 경력 끊긴 내가 당장 나가서 직장을 구하긴 쉽지 않으리라. 설사 구한다 한들 남편만큼 급여를 받을 리 만무했다. 안 그래도 빠듯한 생활에 집 마련한다고 악착같이 아끼며 지내던 중이다. 아무리 가늠해 봐도 현실적으로 어렵겠다는 사실에 더 비참해진다. 감정적인 말에 일일이 대응해 봤자 나아질 건 없었다. '침착해. 침착해야 해.' 깊은 한숨을 내뱉고 시원한 물을 들이켰다. 이런 말을 들으면 어떻게 해야 하는 걸까.

"당신이 나가서 돈 벌어"라고 검색해 뜨는 연관 글을 하나씩 읽어나갔다. 말문이 막혀 미처 뱉지 못한 표현들이 내 마음을 대변해 주기라도 하듯 잘 정리돼 있었다. 그중 한 심리학 전문의가 쓴 글의 링크를 남의 편에게 보냈다. 그가 내게 한 말의 의미는 '배우자의 노력과 존재를 부정하는 말'이라고 해석돼 있었다. 절대 해서는 안 되는, 상처가 되는 말이라고.

링크를 보내기 전 나는 이 글을 위로 삼아 읽고 또 읽었다. 실제로 바닥까지 무너졌고 깊은 상처가 됐다. 내 존재가 몹시 하찮다는 생각에 사로잡혀 괴로웠다. 아무것도 하고 싶지 않았고 아무것도 하지 못할 것 같았다. 무력감이 밀려왔다. 넋을 잃은 채 한동안 축 늘어져 있었다. 지지리 없는 살림에 결혼했고 보석처럼 귀한 딸 둘 낳아 이제껏 치열하게 지내왔는데. '근데 나, 여태 뭘 한 거지.' 앞으로 어떻게 지내야 할지 막막했다. 인정도 받지 못하는 일 따위 다신 하고 싶지 않았다. 하지만 마음에 들지 않는다고 회사처럼 사표 내고 관둘 수도 없는 노릇이었다.

남편은 보내준 글을 읽고 나서 한참이 지난 후에야 진심 어린 사과를 했다. 별생각 없이 뱉은 말이었다고. 평소 내가 일하길 바랐으니 이참에 역할을 바꿔보는 건 어떨까 싶어 해본 말인데 상처가 됐다면 미안하다고 했다. 서로 힘들고 민감한 시기여서 그랬을 거라고

다 지난 뒤에야 애써 짐작해 본다. 딱히 해결 방안도 없는 상황에서 불만스럽게 답답함을 호소하는 마누라가 예뻐 보일 리 없었겠지. 힘들다고 털어놓는 하소연이 나는 시원하겠지만 듣는 이는 달갑지 않을 수 있음을 뒤늦게 알아차린다. 다 안다고 생각한 것들이 늘 더 어렵다.

간혹 원치 않는 일상과 마주한다. 상처받고 길을 잃는다. 길 자체를 잘못 택한 건 아닌지 불안하다. 다 내려놓고 싶을 만큼 무기력해지면 적신호가 켜진 거다. 일단정지. 조바심 내며 움켜쥐었던 것들을 잠시 내려놓는다. 가만히 앉아 조용히 있어보기로 한다. 무력감과는 반대로 강렬하게 소용돌이치는 감정 탓에 온전한 정신으로 있기가 쉽지 않다. 하지만 그럴 때일수록 내면의 목소리에 귀 기울여 본다. 당장 상황이 달라지긴 어려우니 마음가짐부터 살짝 각도를 틀어본다.

또다시 당신이 나가서 돈 벌어 오라고 하거든 '그래? 그럼 그러지 뭐' 하고 시크하게 내뱉는 상상을 한다. 내

친김에 남편이 앞치마 두르고 떼쓰는 애 둘에게 쩔쩔
매는 모습도 떠올려 본다. "여보 늦어? 빨리 좀 와 주면
안 돼?"라고 연락하거든 일부러 일을 만들어서라도 야
근하고 늦게 들어가야지. 꽉 막힌 마음을 환기해 주듯
기분이 나아질 만한 생각을 자유로이 해본다.

　속은 쓰리지만 너무 오래 가라앉아 잠겨 있지는 말
것. 그래봤자 나만 손해니까. 상처받은 말에 얽매이기
보다 왜 그 말을 상처로 받아들였는지 내 열등감부터
세심히 들여다본다. 상처는 내가 허용했을 때만 나를
해할 수 있다. 다음번은 없다. 내가 그렇게 놔두지 않을
테니까.

6

평범한 영웅

오후 2시가 넘어가며 점점 더 시간에 속도가 붙는다. 10분 간격으로 시계를 확인한다. 서이의 하원 시간이 다가온다. 마지막 몇 분마저 탈탈 털어 다 썼다. 허리에 아기 띠를 둘러차고 안방에서 곤히 자던 부스스한 단이를 번쩍 안아 태운다. 부랴부랴 유치원 버스 정류장으로 뛰어간다. 가까운 듯 먼 거리. 18개월 아이는 아기 띠로 안을 만한 무게가 아니란 걸 새삼 뼈저리게 느낀다. 아이고, 도가니야. 횡단보도에 멈춰 서 숨을 헉헉

힘겹게 고른다. 비 오는 날이면 늘 하는 고민. 유모차냐 아기 띠냐. 오늘은 아기 띠가 이겼다. 엄마 몸에 의지해 바짝 매달린 아이도, 지친 발걸음과 마음도 금세 땅속으로 꺼져버릴 듯 천근만근이다. 삐거덕거리는 왼쪽 무릎은 못 고친 지 한참 됐다. 엄마를 위한 시간은 매번 미뤄지기 일쑤니까.

조금 기다리니 연노랑 유치원 버스가 다가와 멈춰서고 문이 열린다. 선생님의 양손을 부여잡고 힘껏 점프하며 뛰어내리는 서이. 헤어지고 나서도 버스가 눈앞에서 사라질 때까지 선생님께 연신 팔 하트를 그려보이는 모습이 귀여워 흐뭇하게 바라본다. 다행히 기분이 좋아 보인다. 손바닥을 두 번 살짝 부딪히며 어서 안기라고 두 팔을 아이에게로 뻗는다. 와락 안기는 서이와 그 사이에서 답답하다는 듯 허우적대는 단이. 재밌게 놀았냐고 물으니 귀찮다는 듯 아기 띠에 안긴 단이에게만 관심을 보인다. "엄마는 우리 서이 빨리 보고 싶어서 부리나케 달려왔는데." 애정 어린 마음을 전하니 뚱하던 표정에 미소가 번진다. 입꼬리 옆 보조개가 깊숙이 피어난다. 아빠 보조개를 닮았다. 아이 얼굴 조목조목을 천천히 훑는다.

다행히 비는 부슬부슬 흩뿌리듯 내리더니 금세 그쳤다. 촉촉이 젖은 거리에 풀 내음이 은은하게 풍긴다. 비가 내려 흙과 풀에서 향기가 난다고 얘기해 주니 서이가 조그만 하트 모양 콧구멍을 벌름거리며 냄새를 맡는다. 단이도 언니를 보더니 킁킁대며 따라 한다. 풀 향기가 얼마나 좋으냐고 물으니 "우주만큼" 좋다고 대답한다. 확신이 깃든 대답에 덩달아 내 기분도 우주만큼 좋아진다.

아이들을 통해 종종 어린 시절의 나와 조우한다. 내성적이고 눈물 많던 여린 꼬마와. 유치원 놀이터 구석에 쭈그리고 앉아 다른 아이들이 노는 모습을 가만히 지켜보며 흙과 함께 시간을 때웠다. 다행히 그런 나를 닮지 않고 목소리도 크고 씩씩한 서이가 대견하다. 엄마는 유치원이 별로였다고, 가기 싫었다고 언제쯤 비밀을 털어놓을 수 있을까. 언젠가 서이가 힘들다고, 유

치원 가기 싫다고 하거든 실은 엄마도 그랬다고 얘기
해 줘야겠다. 우리 아가는 엄마에 비하면 참 대단하다
고 추켜세워 줘야지. 그래, 그러면 되겠다.

부족하고 창피했던 기억이 전에는 마냥 싫고 숨기고
만 싶었는데 나를 더욱 낮춰 누군가에게 힘이 돼줄 수
있다고 생각하니 고맙다. 그 시간을 잘 버텨준 나에게
도 고맙고. 내 얘기를 듣고 조금이나마 기운 낼 상대를
떠올리면 나부터 기운이 난다. 어떤 일이든 그런대로
의미가 있었다. 앞으론 원치 않게 힘겨운 일이 닥치더
라도 조금은 덜 힘들게 여길 수 있지 않을까. 그랬으면
좋겠는데.

집으로 돌아오는 길, 맞은편에서 걸어오는 한 아이
엄마가 눈에 들어온다. 꼭 거울을 보고 있는 듯하다. 덩
치 큰 둘째를 욱여넣은 듯한 아기 띠를 맨 모습이 나랑
꼭 닮았다. 다른 한 손은 네다섯 살쯤 돼 보이는 큰아이
손을 잡고 있다. 그것 역시 나와 같다. 스쳐 지나가며
자세히 보니 예전에 서이와 같은 어린이집에 다니던

친구 엄마다. 낯이 익어 나도 모르게 빤히 쳐다보다 지나쳤다. 아무래도 찝찝한 마음에 결국 뒤돌아보며 불쑥 말을 건다. 아줌마가 되고 나니 오지랖이 늘어 먼저 말 거는 일에 스스럼이 없다. "저기, 혹시…" 하며 어린이집 이름을 말하니 서이 엄마 아니냐며 알아본다. 어린이집 동기 부모일 뿐 그동안 대화 한번 제대로 나눠본 적 없었다. 하지만 급작스레 길에서 마주친 두 엄마에겐 또 하나의 단단한 연결 고리가 있다. '육아 동지'라는 관계. 누가 먼저랄 것도 없이 전우애가 솟는다.

검지로 그의 아기 띠와 내 아기 띠를 번갈아 짚어 가리키고는 우리 너무 닮았다며 혼자 웃음을 터뜨렸다. 무장해제를 밝히듯 하얀 옥수수를 거침없이 드러내며 웃는 내 모습에 그가 거울처럼 따라 웃는다. 먼저 알아봐 줘서 고맙다며 아이들 키우느라 고생 많다고 얘기해 준다. 기대하지 않았던 다정하고 따뜻한 안부가 오간다.

안 봐도 눈에 선하다. 개구진 어린아이 둘 키우며 얼마나 힘이 들지. 매일 수차례씩 뜻대로 되지 않는 육아에 마음이 수십 번씩 요동칠 터였다. 굳이 속속들이 말하지 않아도 서로 훤히 알고 있다. 우리 이 정도면 꽤 잘하고 있다고, 그 힘든 마음 내가 다 안다고 처진 눈으로, 올라간 입꼬리로 위로를 주고받는다. 아이들끼리는 부끄러운지 말이 없다. 엄마 뒤에 반쯤 숨어 빨리 가자고 애꿎은 바짓가랑이만 잡아당긴다. 알았다며 발걸음을 재촉한다.

수줍게 웃으며 건넸던 말을 집에 돌아와 다시 꺼내 본다. 딱히 친분도 없는 사이에 무슨 용기로 그랬는지 모르겠다. '나 진짜 아줌마 다 됐네' 하고 피식 웃는다. 불과 몇 년 전만 해도 조카가 흘리는 침에 흠칫 놀라던 아가씨였는데. 이제는 아이가 묻혀놓은 침이 말라붙어 옷 군데군데가 허옇게 일어난 줄도 모르고 잘만 다닌다. 내 아이 침은 침이 아니라 물 같다, 꼭. 부스스한 머리, 목 늘어난 티셔츠, 간혹 추리닝 바지 무릎이 튀어 나와 있는 걸 볼 때면 외려 너털너털 웃는다. 애들 뒤치다꺼리하느라 내 몸가짐은 뒷전이지만 괜찮다. 아이가

눈빛으로 맨날 예쁘다고 해주니까. 분칠로 뽀얀 얼굴
보다 아이와 아무렇지 않게 부빌 수 있는 맨얼굴이 이
제는 더 좋다. 나는 엄마니까.

평범하고 위대한 영웅들. 쉽지 않은 고단한 일상을
덤덤히 마주하며 매일 승리해 나간다. 오늘도 이렇게
잘 이겨냈다.

7

이름은 하나인데 역할은 수십 개

애증의 논산. 꼭두새벽에 일어나 전속력으로 달려도
두 시간 반. 기저귀 갈고 화장실 가느라 휴게소 한 번
들르면 기본 30분 추가. 왕복 여섯 시간. 저녁 퇴근 시
간에 걸려 차라도 막히는 날엔, 흠. 오며 가며 아이 안
고 수유해야 하고 울고 보채면 안아 달래야 하고… 생
각만으로도 피곤했다. 가고 싶지 않았다. 아직 아이가
너무 어려 외출이 힘드니 다음에 간다고 할까, 아프다
고 둘러댈까 잠시 망설였다. 하지만 꼬물꼬물 아기 보

고 싶어 하시는 어른들 마음을 알기에 생각을 고쳐먹었다. 다음에 못 가는 한이 있더라도 이번만큼은 꼭 가서 보여드리고 기쁘게 해드려야겠다고, 마음의 짐을 떨궈내고 후련하게 돌아오자고 마음먹었다.

결혼 전 인사드리러 갔던 작은아버님 댁에서 별로 환영받지 못했다. 보통은 장남이 맡아 하는 제사를 논산에서 시할머니를 모시던 작은어머님께서 오래 해오셨다고 전해 들었다. 그 불똥이 증손자며느리인 내게 튄 걸까. 큰며느리인 어머님이 안 계시니 나라도 대신 제사를 맡아 지내야 한다고 여기시는 듯했다.

실제로 시할머니께서 돌아가시고 난 뒤 제사 관련 문제로 불미스러운 일이 생겼다. 셋째가 맡네, 누가 맡네 난리도 아니었다. 벌써 몇 년째 병상에 누워 계시는 아버님께선 이 일로 몹시 서운하고 속이 상하셨는지 앞으론 본인을 대신해 굳이 시골에 내려가지 않아도 될 것 같다고 말씀하셨다. 사정이 이렇다 보니 가기도 껄끄럽고 안 가기도 눈치 보이고 참 난감했다.

그래도 언제까지고 미룰 순 없었다. 가야 했다. 짐을 꾸려 새벽부터 부리나케 달려 논산으로 향했다. 이번엔 또 어떤 불편한 일이 생길지 가기 전부터 긴장을 잔뜩 했다. 예상대로 휴게소에 들르느라 시간이 많이 늦어졌고 차가 밀리기 시작했다. 피곤으로 퀭한 눈, 걱정으로 어두운 낯빛을 하고 달리고 또 달렸다.

그리고 몇 시간 뒤 우리는 우려와는 달리 함박웃음 머금고 아기 한번 웃겨보려 열중이신 어르신들을 신기한 눈으로 구경하고 있었다.

"까꿍! 까꿍! 얼룰루, 까꿍!"

서이, 단이가 받는 환대를 나눠 받으며 모처럼, 편하게 있었다.

크고 작은 사건에 가려진 저마다의 사정은 헤아리지 못했다. 제사가 왜 그리 중요한지, 그렇게나 중요해서 이어가길 고집하면서도 왜 서로 맡지 않겠다고 떠넘기려 하는지 우스꽝스러울 따름이었다. 여기저기서 대충 주워들은 얘기로 모든 정황을 이해하기엔, 함께한 시간도 나이도 어중간한 나의 어설픈 혜안으로는 역부족이었다. 그저 어렵고 힘든 나름의 사정이 있을 테고 다른 책임까지 떠맡기엔 그럴 만한 여유가 없겠거니 짐작할 뿐.

헤어나와 몇 발자국 떨어져 살피니 사건 이전에 사람이 보였다. 아기를 보고 좋아 어쩔 줄 모르는 정 많고 따뜻한 사람들이 보였다. 결혼 앞둔 자녀가 있어 손주 기다리는 마음으로 아이들을 보시니 본인 손주인 양 애틋하고 마냥 좋으신 듯했다. 우리 아이들을 예뻐해 주시고 잘 대해주시는 건 내게 그렇게 해주시는 것과 다름없었다. 남편이나 내게도 내심 신경이 쓰이셨던지 이전에 비하면 더 세심하게 대해주셨다. 멋쩍고 미안한 마음 서로 내비치지 않아도 되게끔 여러모로 배려해 주셨다.

나 역시 그랬다. 일부러 더 많이 웃었다. 어색해도 꾹 참고 아무렇지 않은 척 대화에 동참했다. 고마움은 표현하고 서운함은 묻어뒀다. 아무 일도 없었던 것처럼, 앞으로도 계속 그럴 것처럼.

비록 '흔쾌히'까지는 아니고 '간신히'긴 했으나 그날 처음으로 마음먹고 오길 잘했다는 생각을 했다. 다음에도 또 오겠노라고 씩씩하게 인사를 건넸다. 모두 마당에 나와서 차 뒤꽁무니가 시야에서 완전히 사라질 때까지 조심히 가라고 손을 흔들어 주셨다. 하필이면 꽉 막힌 퇴근길에 걸려 고생스레 집에 돌아가면서도 크게 힘든 줄 몰랐다.

결혼하고 난 뒤 수많은 역할에 가려져 이름 한번 제대로 듣기 힘들지만 나는 여전히 나다. 더불어 엄마이자 아내, 딸, 며느리, 여동생, 올케, 시누, 고모, 숙모, 처남댁(끝이 없다)이기도 하다. 처음엔 이런저런 역할에 끌려다니는 듯해 조금 거북했다. 내 의사와는 별개로 누군가의 기대나 요구만 채우려는 일 같아 곤혹스러웠다. 그리고 그놈의 이미지 신경 쓰느라 피곤한 적도 많았다.

상황이나 관계에서 오는 갈등보다 내가 만든 심적 중압감 때문에 더 부담스러웠던 건 아닐까. 어느 순간다 내려놓고 솔직해지기로 했다. 가고 싶지 않으면 사정을 얘기해 양해를 구한다. 하지만 일단 가기로 결정하면 여간해선 기쁘게 군말 없이 간다. 좋은 마음으로 가면 신기하게도 그 마음 그대로 있다 오게 된다. 불편한 마음으로 가는 날엔 불편하게만 있다가 결국 투덜거리며 돌아온 적이 많다.

그러고 보면 가족 안에서 나 한 사람의 영향력이 생각보다 꽤 큰 것 같다. 내 마음가짐과 태도가 모두의 기쁨을 채울 수도 있고 그 반대가 되게 할 수도 있다고 생각하니 사소한 행동 하나에도 신중을 기하게 된다. 내역할에 충실하려 애쓴다. 이왕 갈 거 존재감 넘치게 있다 오자고 마음먹는다. 언제, 어떤 관계에서든 괜찮은 사람이고 싶다. 호감 가는 올케로, 다정한 숙모로, 편한 동생으로, 살가운 딸로(이게 가장 고난도다), 적극적으로 말이다.

예전엔 가족 행사가 마냥 귀찮았다. 바쁘고 정신없는 일상에 찌들어 쉬고만 싶고 아무것도 신경 쓰고 싶지 않았다. 그런데 주부가 되고 나니 평소 특별할 만한 이벤트가 딱히 없다. 평화로워 좋기는 한데 단조로운 날만 이어지니 별다른 자극이 없어 그런가 때로 조금 허전하기도 하다. 그래서일까, 요즘은 집안 행사가 하나하나 귀히 여겨져 진심으로 임하는 편이다. 모처럼 큰맘 먹고 아이들 추석빔을 장만했다. 단이에겐 꽃 자수가 곱게 놓인 색동저고리 한복을, 서이에겐 은은한 노랑 저고리에 연분홍 치마를 선물했다. 꽃단장한 딸내미 둘 카시트에 나란히 태우고 시골 내려갈 생각에 벌써부터 설렌다.

8

외벌이로 괜찮으시겠어요?

오랜만에 친한 언니인 ㄱ과 통화를 한참 했다. 언니 얘기를 듣고 마음이 안 좋아져 평소보다 통화가 길어졌다. 그는 부산 여자다. 언니가 내게 심어준 부산 사람이미지는 이렇다. 정 많고 유쾌하고 파이팅 넘침. 대학졸업 후 솜털 보송한 병아리 시절 입사한 첫 회사에서디자인 팀 동료로 언니를 만났다. 그런 언니도 어느새결혼해 딸 하나 낳고 주부로 지내고 있다.

며칠 전 언니는 신랑 지인을 함께 만났다고 했다. 워

킹맘이라는 그는 언니에게 요새 뭐 하고 지내느냐며 일은 따로 안 하는지 묻더란다. 나는 감을 못 잡고 속으로 '그런 걸 왜 물어보지. 언니에게 일자리라도 제안하려고?' 생각하며 멋대로 김칫국을 들이켰다. 그런데 이어진 대화 내용은 잠시 할 말을 잃을 만큼 당혹스러웠다. 언니가 일은 아직 안 하고 있다고 답하니 왜 안 하느냐고, 남편 힘든데 같이 도와야 하지 않겠냐고 했다는 거다. 초면이기도 하고 싫은 내색 하면 분위기를 망칠 것 같아 머쓱해진 채 그냥 씩 웃고 말았는데 집에 오는 내내 기분이 영 말이 아니었다고 한다. 언니 남편도 마음에 걸렸던지 줄곧 신경 쓰지 말라고 했지만 이미 상해버린 마음을 감출 길이 없었다고.

남 일이 아닌 듯해 속이 쓰렸다. 속상해하는 언니를 대신해 부질없지만 전화통을 붙들고 난리를 쳤다. 무슨 그런 무례한 사람이 다 있냐고, 오지랖 한번 과하다며 씩씩거렸다. 위로인 척했지만 실은 사심 어린 원망일지도 모르겠다.

집안일은 일이 아니었다. 돈 되지 않는 일은 일로 치

부하지 않는 거였다. 안 그래도 언니는 아이를 어린이 집에 보낸 뒤 일자리를 알아보던 참이었다. 남편에게 부담 주는 것 같아 미안하다고, 만나기만 하면 얘기 나누던 우리였다. 굳이 누군가 콕 집어 말해주지 않아도 이미 다 안다. 평소 언니가 딸에게 얼마나 잘하는지, 남편은 또 어찌나 살뜰히 챙기는지 안다면 감히 그런 소릴 뱉지 못했을 거다. 풀 죽어 어색하게 쓴 미소를 지었을 언니 모습을 떠올리니 씁쓸했다. 전업주부에게 이런 순간은 생각보다 자주 찾아온다. 애써 채워둔 자존감 게이지는 여기저기서 치이며 쭉쭉 낭비돼 순식간에 바닥나고 만다.

어느 한가로운 주말, 오빠와 조카들을 만나 저녁 식사를 했다. 술 한잔 나눠야 하는 남편과 오빠가 마주 앉고 아이들은 내 쪽으로 앉혔다. 나는 신랑 옆에 앉아 안 듣는 척 귀를 쫑긋 세운 채 둘의 대화를 엿듣고 있었다.

"요즘 세상에 외벌이라니, 대단하다."

힘들지 않으냐고 묻는 오빠에게 신랑은 아무렇지 않

은 듯 괜찮다고 답했다. 오빠는 굉장히 놀랍다는 표정으로 몇 번이나 감탄사를 내뱉으며 존경스럽다고 했다. 오빠 친구들은 자기 연봉보다 배우자의 출중한 능력을 추켜세우며 부러워한다는 얘기도 얼핏 들을 수 있었다.

새언니는 학원장이었다. 수입이 보통 회사원과는 비교도 안 될 정도로 높았다. 사업이 안정적으로 자리 잡은 후 오빠는 다니던 직장에 육아휴직을 낸 참이었다. 부원장직을 맡아 일명 '셔터맨'이 가능한 상황. 물론 현실 셔터맨은 셔터만 내리진 않는다. 운영에 적극 참여해 고객 관리도 하고 사무도 봐야 한다. 그래도 회사 다니는 것에 비하면 심적으로도 체력적으로도 훨씬 편하고 안정적으로 일하는 듯 보였다. 친구들이 그런 오빠를 '복 받은 놈'이라고 표현했다나 뭐라나. 처음엔 '존심' 상했는데 이제야 비로소 그들의 말이 이해가 된다며 고생 많이 하는 마누라가 고맙기도 하고 대단해 보인다고 했다.

얘기를 듣고 있자니 상대적으로 신랑이 무척 안쓰럽

게 느껴졌다. 그럼 반대로 우리 남편은 남자들 사이에서 '복도 지지리 없는 놈'이 되는 건가. 모든 게 내 탓인양 자괴감이 몰려왔다. 오빠의 의도는 아마 외벌이로 성실히 일하는 여동생 남편을 띄워주려는 것이었을 거다. 하지만 의도와 상관없이 급작스레 튀어나온 내 자격지심이 말썽이었다. 흐뭇하게 둘의 대화를 지켜보던 나는 어느 순간 얼굴이 확 달아오름을 느꼈다. 시선을 어디에 둘지 몰라 잠시 헤맸다. 섣불리 끼어들어 말을 이어갈 수 없는, 내겐 참으로 당혹스러운 주제였다.

순간 옆을 돌아보는 신랑과 눈이 마주쳤다. 속마음을 들키기라도 한 듯 괜스레 당황해서는 아이들을 챙기느라 못 들은 척하며 억지웃음을 지어 보였다. 듣는 둥 마는 둥 자리만 지키고 앉아 있다가 앞에 놓인 다 식어빠진 국물만 연거푸 떠먹고는 씁쓸하게 식당을 나왔다.

내가 예민한 걸까. 이런 감정이 언제부턴가 낯설지 않다. 눈 감고 귀 틀어막고 살아야 하나. 결혼 전에는 나도 직업이 있었는데. 돈을 벌었던 적이 있긴 있었나 싶다. 그때의 단단했던 나는 어디 간 걸까. 어느새 무르고 약해진 빈껍데기만 남았다. "그럼, 우리 신랑 고생 많지!"라고 쿨하게 장단 맞추며 넓은 아량을 베풀 수는 없었을까. 다 지나고 나서 항상 뒷북이다.

그래도 한 번쯤 주부의 노력도 좀 알아줬으면 싶다. 나도 집에서 마냥 놀고 있는 건 아닌데. 남편이 수고롭게 벌어오는 돈, 한 푼이라도 허투루 쓰지 않으려 온갖 방법 동원해 아끼고 모으기 급급한데. 나한테 쓰는 걸 맨 나중으로 미뤄가며 가족 먼저 챙기는데. 억울한 마음이 든다. 스스로에게 떳떳하면 된 것 아닌가 싶다가도 외부 자극에 허무할 정도로 쉽게 무너지는 나를 보면 한숨이 난다.

여성이 성별로 차별받지 않고 사회활동에서의 제약도 점차 줄어들고 있다는 점은 분명 기뻐할 만한 일이다. 하지만 때때로 워킹맘과 비교당하며 무능력자 취급받는 전업주부 입장은 서글플 수밖에 없다. 육아휴직 탄탄하게 보장된 복지 훌륭한 회사에 다니는 여성은 그렇지 않은 여성에 비해 상대적으로 경력을 이어가기 수월할 것이다. 친정이나 시댁 도움으로 육아 부담이 적은 가정도 있을 것이다. 반대로 사정에 의해 어쩔 수 없이 일을 꼭 해야만 하거나 못하는 가정도 있고 경제적으로 넉넉해 굳이 할 필요 없는 가정도 있을 수 있다. 처한 상황도, 추구하는 가정의 모습도 집집마다 다르니 그에 따른 결정과 그로 인한 문화에도 차이가 있을 수밖에 없다는 점을 서로 인정하고 존중해 주면 좋겠다. 어느 한쪽이 더 낫다고 단정 짓기엔 분명 무리가 있다. 일을 하느냐 안 하느냐는 선택 문제지 옳고 그름의 문제는 아니니까 말이다.

노파심에 한마디 더 하자면 외벌이로 괜찮은지 아닌지 행여 미치게 궁금할지라도 당사자에게 묻지 말고 녹색 창에 검색해 보길 권한다. 우리는 인터넷 강국에 살고 있지 않은가. 그래도 굳이 노골적으로 물어야겠다면 그땐 당신 인성이 왜 그런지부터 내가 먼저 달려들어 좀 물어야겠다. 으르렁!

9

별표의 자격

출판업계로 이직해 퇴사하기까지 3년 남짓의 기간. 대리 타이틀을 달았다. 계약된 원고를 읽고 책 형태로 디자인했다. 본문을 잡아 둔 시안대로 흘리고 페이지 맞춰 읽기 좋게 정리했다. 글이 책으로 탄생하기까지 거의 모든 과정에 참여해 부화를 도왔다. 매일의 작업이 점 하나까지 모여 책으로 태어났다. 그때그때 눈으로 확인할 수 있는 결과물이 있었기에 성취감도 컸다. 업무량이 부담 없기도 했고 일이 조금 능숙해진 후론 속도도 빨라져 원하는 대로 일정 조율이 가능했다. 일 끝나면 디자인 수업도 듣고 출판진흥원 교육과정에도 참여할 수 있었다. 특히 퇴근 후 카페에 들러 누리는 커피한 잔의 여유는 하루 중 최고 낙이었다. 뜨아를 보약 먹듯 수시로 챙겨 마시며 기력을 충전했다. 아직 세상에 나온 적 없는 따끈한 원고를 출간 전에 먼저 맛볼 수 있다는 직업적 특혜도 좋았다.

정시 출근해 정시 퇴근. 일 끝나면 자유. '사회인이란 이런 거구나. 괜찮네, 나쁘지 않네.' 주말에는 전시 디자인 작업을 맡아 했다. 딱딱한 경제·경영서 디자인을 주로 하다 보면 때때로 현타가 왔는데 본업에서 해소되지 않는 욕구를 대신 충족할 수 있었다. 월급 쪼개 아낀 돈으로 애인과 데이트하고 결혼 자금도 살뜰히 모았다. 돈도 이력도 쌓여가는 반복적이고 정돈된 일상에 딱히 불만이랄 게 없었다.

노력하는 만큼 정직하게 보상이 주어지던 시기. 나부터 생각하고 나만 챙기고 내게 가장 유리한 쪽으로 행하면 그뿐이었다.

7년 차 전업주부가 됐다. 타이틀은커녕 이름도 나이도 잊고 사는 경단녀가 돼버렸다. 새댁으로 불리다 두 아이 엄마가 되고 나선 이름 들어본 지도 오래됐다. 그저 누구 엄마, 누구 와이프, 누구 며느리일 뿐. 딱히 특색이랄 게 없어 별로 마음에 들지도, 좋지도 않던 이름이지만 아예 불릴 일 없다고 생각하니 그건 또 조금 서글펐다. 신경 쓰지 않으니 나이도 까먹기 일쑤였다. 주부가 되고 나서는 이름이나 나이가 쓰일 만한 일이 잘 없다. 묻는 사람도 없다. 나란 사람의 존재감이 없어도 너무 없지 않나, 이러다 아예 잊혀버리진 않을까 별별 생각이 다 든다.

　아이 키우고 살림 꾸리는 게 중요한 일임은 분명하지만 아무리 애써도 이력이 되지는 않았다. 어디에서도 인정받을 수 없는 '투명시간' 같았다. 그래서일까, 뭘 하나 하더라도 티 팍팍 내며 '나 잘했지!' 하고 확인받고 싶은 욕구가 강하게 든다. 나도 뭔가 해보려 조용히 움직이고 있다고, 가만히 있는 거 아니라고 자꾸만 자꾸만 어딘가에 호소하고 싶어진다. 그렇게라도 하지 않으면 아무도 몰라주니까. 해도 해도 티 안 나는 무조건적인 희생이 익숙지도 않고 평생 익숙해지고 싶지도 않다. 주부 인생 7년 차쯤 되면 오춘기라도 오는 걸까. 잔잔한 물결 같던 일상에 갑작스러운 입질이 파문을 일으킨다.

잠들기 전 아이에게 맥스 루케이도의 그림책 《너는 특별하단다》를 읽어줬다. 작은 나무 사람들인 웸믹의 얘기다. 웸믹은 서로에게 금빛 별표와 잿빛 점표를 붙이며 살아간다. 나뭇결이 매끄럽고 색이 잘 칠해진 웸믹은 별표를 받고 결이 거칠고 칠이 벗겨진 웸믹은 잿빛 점표를 받는다. 힘이 세거나 암기력이 좋거나 노래를 잘 부르는 등 재주가 뛰어난 웸믹은 온몸에 별표가 붙어 번쩍거린다. 반면 재주가 없는 웸믹은 잿빛 점표만 가득 붙인 채 다른 나무 사람들의 곱지 않은 시선을 의식하며 살아간다. 주인공인 펀치넬로도 별표를 받지 못한 웸믹 중 하나다.

그러던 어느 날 펀치넬로는 우연히 아무런 표도 붙

어 있지 않은 루시아를 만난다. 다른 이들의 칭송이나 비웃음에 개의치 않는 그는 별표가 붙건 점표가 붙건 얼마 안 가 금세 떨어져 버렸다. 펀치넬로가 그 비결을 묻자 루시아는 웸믹을 제작한 엘리 아저씨를 직접 만나보라고 권한다. 고민 끝에 펀치넬로는 그의 작업장을 찾아간다. 아저씨는 펀치넬로를 보더니 의아해하며 누가 별표나 점표를 붙이는지 묻는다. 그러고는 남들이 어떻게 생각하느냐보다 내가 나를 어떻게 생각하느냐가 중요하니 똑같은 나무 사람한테 기죽을 필요 없다고 조언한다. 난 네가 아주 특별하다고 생각한다는 말과 함께.

펀치넬로는 믿기지 않는다. 도대체 자신이 뭐가 특별하다는 건지 도통 이해할 수 없다. 페인트가 떨어져 낡은 자신의 모습은 다른 웸믹의 못마땅한 시선으로 붙여진 점표가 증명해 주기라도 하듯 여전히 초라해 보일 뿐이다. 어째서 루시아 몸에는 어떤 점표도 붙지 않는지 의문을 표하니 엘리 아저씨는 말한다. 루시아는 남들이 어떻게 생각하느냐보다 스스로 어떻게 생각하느냐가 더 중요하다고 마음먹었기 때문이라고, 그 표는 자신이 붙어 있게 하기 때문에 붙는 거라고 말이다. 펀치넬로는 무슨 말인지 영문을 몰라 고개를 갸웃거린다. 엘리 아저씨는 확신을 담아 다시 또박또박 이야기한다. 내가 너를 만들었고 너는 아주 특별하다고. 펀치넬로가 마음속으로 그의 말이 맞을지도 모른다고 생각한 순간 그의 몸에 붙어 있던 점표 하나가 땅으로 떨어진다.

커리어우먼이라는 번쩍이는 별표가 붙은 골드미스나 워킹맘을 보며 주눅 들 때가 많았다. 행여 잿빛 점표 붙은 내 모습을 누군가에게 들키기라도 할까 겁먹은 펀치넬로처럼 굴었다. 무능력, 경단녀 따위의 점표가 덕지덕지 붙여졌을 때 순순히 받아들이는 것 외에 별 도리가 없었다. 무능력하다고 인정하기라도 하듯 점점 더 무기력해져만 갔다.

별표 받을 자격은 대체 어떤 기준으로 누가 정하는 걸까. 내 눈엔 여기 이곳도 제2의 웸믹 세계나 다를 바

없어 보였다. 마치 그게 당연하다는 듯 수긍하고 끌려다
니는 나만 봐도 그랬다. 나는 또 하나의 펀치넬로였다.

이제부턴 내 기준에서 내가 정하자. 그동안 나는 무엇
을 잃고 무엇을 얻었는지 가만히 생각해 본다.

잃은 것은? 원하는 시간에 하고 싶은 것을 할 수 있
는 자유와 여유를 잃었다. 단조로운 일상과 육아에 지
쳐 웃음과 생기를 잃고 지낼 때가 많아졌다. 직장에서
능숙했던 기술도 일부 녹슬었다. 줄줄 꿰던 키보드 단
축키가 가물가물하고 프로그램 기능 아이콘도 잊어 하
나하나 다 눌러보고 겨우 찾는다. 경험의 기회와 이력
을 잃었고 자신감도 떨어졌다. 원할 때 다시 사회로 돌
아가게 해줄 연결 고리가 어느 순간 툭 끊겨버린 느낌
이다.

반면 얻은 것은? 세상 무엇과도 비교 불가한 내 가
족. 내가 아니라면 존재하지 않았을 생명이 둘이나 태
어났다. 남편이라는 고맙고 든든한 버팀목도 있다. 도
무지 외로울 틈을 내주지 않는다. 빠듯했던 생활도 몇
년간 아끼고 모으며 숨통은 트일 만큼 나아졌다. 아이

를 갖고 낳고 키우는 과정은 인생을 통틀어 가장 특별하고 의미 있는 경험이었다. 간혹 육아 스트레스가 심할 때마다 의지했던 책이 서재에 꽂혀 있다. 감히 단언컨대 엄마가 되지 않았다면 읽지 않았을 도서들이다. 그리고 지금, 못할 거라고만 생각했던 글까지 짬짬이 쓰고 있다. 가족도 일도 마음먹기에 따라 욕심내 곁에 둘 수 있다.

내심 놀랐다. 여태 잃은 것이 더 많다고 한탄하며 지내왔는데 막상 쓰고 보니 이상하게도 얻은 것들이 술술 더 잘 써진다. 잃은 것에 비해 더 충분히, 끊임없이 떠오른다. 전부를 잃는 게 아니었다. 하나를 잃으면 다른 하나가 그 자리를 채우는 거였다. 선택에 따라 얻는 것이 달라질 뿐.

타인이 평가하는 나는 중요하지 않다. 남이야 어떻게 보든 내 기준에서 나는 누가 뭐래도 반짝이는 사람이다. 별표 받아야 마땅한, 굳이 받지 않아도 그만인. '루시아'가 되길 원하는 나는 앞으로 내게 필요하지 않은

한 타인에 의한 그 어떤 평가나 비난도 허락하지 않기
로 했다.

　방금 내게서 잿빛 점표 하나가 휘릭 떨어졌다.

10

중요한 건 꺾이지 않는 마음

언제부턴가 자기소개를 하라고 하면 그게 그렇게도 싫다. 소개할 것도 없는데 뭘 하라는 건지 모르겠다. 딸 둘 엄마라거나 주부라고만 하기엔 조금 아쉽다. 그렇다고 벌써 7년 전에 그만둔 직업을 말하기도 좀 애매하고. 엄마 말고 사회 구성원으로의 나 그리고 내가 잘하는 일을 표현할 단어가 하나쯤 있다면 좋겠다. 근래 들어 부쩍 내가 직업 콤플렉스가 심하다고 느끼는데, 예를 들면 이런 일들 때문이다.

남편은 친구 모임에서 기분 좋게 술 한잔 걸치고 오는 날이면 집에 와 종종 이러쿵저러쿵 얘기를 한다. 평소 말수가 적은 그이지만 술기운을 빌리니 그나마 술술 나오나 보다. 주로 친구들 안부를 전하는데 미혼일 경우 애인이 생겼는지가 가장 큰 화젯거리다. 들어보면 질문은 결국 두 가지로 축약된다. 첫째, 예쁜지 둘째, 직업이 뭔지. 이 두 가지 '중대 사항'이 해결되고 난 뒤에야 성격이 어떤지, 결혼할 생각이 있는지 없는지 등 부수적인 것들을 묻는다. 외모도 괜찮고 직업도 안정적이라는 답변이 돌아오면 다른 건 들을 필요도 없이 곧바로 "오, 괜찮네. 결혼해!" 하는 식의 반응으로 단결한단다. 당사자인 친구는 여친 플렉스로 어깨에 힘이 잔뜩 실리고.

귀여운 남자들 수다에 일단 웃고 본다. 그럴 수 있지 생각하면서도 내심 속으로는 '결국 예쁘고 돈 잘 벌면 장땡이라는 거군' 하고 멋대로 해석한다. 당연하다는 생각이 들면서도 왠지 배알이 꼴린다고 할까. 조금 쓸쓸하다.

또 한번은 신랑 직장 후배였던 ㅅ이 퇴사 후 카페를 열었다는 소식을 듣고 매출도 올려줄 겸 잠시 들렀다. 깔끔하고 고급스러운 외관이 눈길을 사로잡는다. 흥미롭게 둘러보고 사진도 몇 장 찍었다. 쨍한 샛노란 색상의 스틸 재질 테이블과 하얀색 소품들로 통일된 조합이 세련돼 보인다. 흠뻑 빠져 구경하다 보니 주문한 커피와 크로플이 나왔다.

집에서 말 안 통하는 아기와 씨름만 하다 오랜만에 외출해 두 성인 남자의 대화에 합류하니 신이 났다. 평소 활동 반경이 늘 거기서 거긴지라 새로운 곳엘 가고 새로운 사람을 만나면 기분이 붕 떠 날아다닌다. 잘 지냈느냐고 물으며 그간의 안부를 주고받는다. 분위기도 그렇고 먹기 아까울 만큼 근사한 디저트 모양새도 그렇고 매일 똑같은 주부 일상에 이런 감성, 오랜만이다. 마스크 안에서 은밀하게 입꼬리가 들썩인다. 사업하느라 고되다는 얘기와 그런 와중에 카페에 자주 드나들던 한 여성에게 고백받아 애인이 생겼다는 반가운 소식도 듣게 됐다. 고백이라니! 그것도 단골의, 용기 있는 한 여인의 고백이라니! 영화 같은 스토리를 기대하며 아줌마는 들뜬다.

그것도 잠시. 폰을 주거니 받거니 하며 사진 속 여성의 미모를 확인한 뒤 그가 8급 공무원이라는 얘기를 듣고는 "괜찮네!"를 외치는 남편의 반응에 환상은 와장창 깨진다. 이 대화를 여기서 직접 들을 줄이야. 응? 이게 다야? 낭만 찾느라 마음의 준비도 못한 상태였는데 괜히 들었다 싶다. 그동안 내가 너무 순진했다. 우연한 만남으로 인한 운명적 인연, 그다음은 정서적 교류 차례 아닌가. 소통은 아무래도 안정적인 다리부터 놓여야 가능한 걸까. 드라마나 영화를 끊든지 해야지 아무래도 안 되겠다. 아니 그건 그렇고, 그냥 축하해 주면 될 것을 나는 어째서 또 찔리는지 모르겠다. 생각이 점점 삐딱선을 타기 시작하더니 남편 대답이 영 마음에 걸린다. 전업주부 마누라를 둔 그는 지금 '안' 괜찮은 걸까.

한 결혼정보회사에서 가장 선호하는 배우자 직업에

관해 설문 조사한 결과를 발표했다. 경제적 안정과 사회적 지위를 이유로 공기업 공무원이 41.2퍼센트의 1위를 차지했다. 공무원은 청년 직업 선호도 조사에서도 5년째 1위를 차지했다고 적혀 있다. '안정적인' 공무원의 위력이란.

그러나 그 이면에도 그늘은 존재한다. 일 잘하면 손해라는 일명 '일잘러'들의 고충이다. 나태한 조직 문화를 못 견뎌 스스로 공직 사회를 떠나는 MZ세대가 늘고 있다고 한다. 가장 큰 장점인 안정성을 보고 선택한 직업이지만 그 안정성이 독이 된 케이스란다. 대놓고 일을 하지 않으려는 사람들을 지칭하는 단어도 있다. '인공위성'. 떠돌기만 하고 아무 일도 안 하는 걸 비꼰 말이라는데 어쩜 저리 적합한 단어를 잘도 갖다 붙였는지 감탄사가 다 나올 지경이다. 일잘러들은 인공위성이 하지 않은 업무까지 도맡아 하느라 칼퇴는커녕 야근의 연속이라고 한다.

부러우면 지는 거라는데 이미 몇 번씩이나 져서 별 타격도 없다. 그저 위안거리가 필요했고 적합한 글을 찾은 것 같았다. 이런 걸로 대리만족하면 나쁜 걸까. 역시 1등이라고 장점만 있는 건 아니었다. 어떤 일이든 마찬가지일 터였다.

　프랑스인들은 '아직'이라는 말을 동공 지진 없이 태연하게 한다고 들었다. 그들에게 '아직'이란 헤매다 보면 언젠가 찾아지는 것이고 그런 시간을 지극히 당연하고 중요하게 여긴다고 한다. 그에 반해 대한민국은 어떤가. 고민은 길어지면 안 되고 방황은 반드시 쓸모 있어야 하며 탐색 기간 동안 눈치 보며 주눅 들어 지내는 건 여전히 감수해야 할 몫이다. 10대, 20대, 30대 나이대별로 반드시 해야 할 도장 깨기 같은 미션이 주어진다. 해내면 평범한 거고 안 하거나 늦어지거나 못하면 문제아 취급받기 일쑤다. 간섭에서 벗어나려 구한 그럴싸한 직장이 외려 숨통을 조여오기도 한다. 과연 어떤 선택이 맞는 걸까.
　사회적으로 환영받는 직업이 아니라도 누군가는 자신이 중요하다고 여기는 일을 덤덤히 밀고 나가야 하지 않을까. 너도나도 다 공무원 하겠다고 나서면 그럼 다른 일은 누가 하지?

바깥의 요구가 아닌 내 안의 외침을 주체적으로 끌어내 만들어 가며 살고 싶다. 내면에 귀 기울이는 삶도 돈벌이와는 별개로 당당해질 수 있길 소망한다.

안정적인 수익이 없어도 내 삶은 지극히 안정적이다. 부러운 일에선 부러워하지 않을 이유를 찾고 이미 선택한 일에선 역시 선택하길 잘했다는 가치를 찾는다. 선택의 결과는 결국 내가 만드는 거니까. 대놓고 드러내지 않고 남에게 피해 주지 않는다면 자기합리화쯤 정신 건강을 위해 괜찮지 않나. 꺾이지 않고 버티며 가고자 하는 방향에 집중할 수 있다면 말이다.

11

애가 아니라 내가 문제

밖에서 마주치는 엄마들은 하나같이 천사 같다. 혹시 화내는 방법을 모르나. 순하디순한 인상으로 아이에게 상냥하게 대하고 소리 한 번을 안 지른다. 어떻게 저럴 수 있지. 나는 세상 화란 화는 혼자 다 짊어지고 사는 것 같아 서글프다.

같은 또래 아이를 키우는 동생 ㄷ에게 카톡이 왔다. 서이가 8개월쯤 됐을 무렵 문화센터에서 만나 인연이 된 친구다. 평소 내가 아는 그의 이미지는 '천사표'다.

온화함의 표본 같은 사람이랄까. 그런 그가 요즘 화가 머리끝까지 나서 미치겠다고 연락해 왔다. 서른이 훌쩍 넘은 자신이 이렇게까지 '극대노'할 수 있는 사람인지 여태 모르고 살았다며 요새 '화ㄷ'로 지내고 있다고 했다. 그간 알던 이미지와 도무지 겹치지 않아 조금 의아했다. 이름에 화를 붙인 표현이 재밌어 잠시 웃었으나 곧 남 일 같지 않아 한숨이 새어 나왔다. 인정하고 싶지 않지만 나도 그렇다고 동조할 수밖에 없었다. 나는 자꾸만 욱해서 애들한테 소리나 지른다고 요즘 '욱진경'으로 지내고 있다며 안부를 전했다.

새카맣게 타버린 속을 뒤집어 까서 보여주는 그의 솔직함이 고마웠다. 뜬금없는 이런 연락이 마음의 위안이 될 때가 있다. 나만 힘든 것도, 화가 나는 게 이상한 것도 아니다 싶어 안도한다. 근래 들어 특히 스트레스가 심했다. 누르지 못한 화를 아이에게 쏟아내며 감당 안 되는 죄책감을 무겁게 이고 지내던 참이었다.

유치원 하원 후 집에 가던 길, 서이는 길 한복판에 주저앉아 온 동네가 떠나갈 듯 자지러지게 울어댔다. 유모차에 자기가 타겠다고 당장 단이를 내리게 하라며 소리를 고래고래 질렀다. 지푸라기라도 잡는 심정으로 단이를 흘끗 보니 고개를 절레절레 단호하게 흔든다. 아기 띠도 없는데 망했다. 단이를 한 손으로 안고 유모차를 밀기는 어려울 것 같으니 집에 도착할 때까지만 이해해 달라고 설득했지만 소용없었다. 우는 소리는 점점 더 거세졌다. 지나가던 사람들이 멈춰 서서 어떻게 좀 해보라는 눈짓을 보내며 안타깝게 쳐다봤다. 여기저기서 꽂히는 시선에 양 볼이 화끈거렸다. 어쩔 줄 모르고 발만 동동 구르다 결국 버둥거리며 몸부림치는 단이를 억지로 빼내 한 손으로 힘겹게 안아 들었다. 잠깐만 이렇게 가는 거라고 서이에게 당부한 뒤 유모차를 끙끙 밀며 가까스로 집으로 향했다.

눌러둔 화는 결국 집에 와서 터져버렸다. 요새 가뜩이나 힘든데 엄마 좀 그만 괴롭히라고, 그 사람 많은 데서 어떻게 그렇게 엄마를 곤란하게 할 수가 있냐고 소리쳤다. 서이는 당황한 얼굴로 멀뚱히 있다가 금세 눈물이 그렁해졌다. 엄마가 너무 힘들고 속이 상해 그랬다고, 미안하다며 아이를 부둥켜안고 울었다. 울면 속이 좀 시원해질까 싶어 작정하고 꺽꺽대며 울었다. 아이가 보는 앞에서 그만 그러고 말았다.

감정 조절에 서툰 엄마. 그깟 화 하나 제대로 참지 못해 소리 지르는 못난 엄마. 아이에게 환하게 웃어줘도 모자란데 힘들다고 탓을 했다. 아이는 그저 피곤해서 유모차에 앉아 가고 싶었을 뿐일 텐데. 아이 마음 헤아리지 못하고 주변 시선에만 신경이 곤두섰던 것 같아 미안했다.

자꾸 단점에만 집중하니 육아가 점점 더 어렵게 느껴진다. 반성이라도 하니 다행이라 여겨야 할까. 뭐 하나 잘하는 것도, 마음대로 되는 것도 없는 것 같아 서럽다. 단이가 태어나고부터는 더 심해졌다. 동생 시샘하는 서이와 무작정 떼부터 쓰는 단이 사이에 벌어지는 자잘한 감정싸움에 지쳐 나가떨어지기 직전이었다. 서이는 오롯이 혼자만 받던 사랑을 동생과 나눠 갖는 걸

도무지 납득할 수 없는 듯 보였다. 어찌 보면 당연했다. 여섯 살이면 아직 엄마의 애정과 손길을 기대할, 덩치만 자란 '큰 아기'니까. 딱하고 안쓰러워 잘해줘야지 싶다가도 아이의 힘든 마음이 반항으로 나타날 때면 당황해 혼내는 것밖에 할 줄 몰랐다. 너그러이 이해해 주고 품어주기에 엄마로서 내 그릇은 너무도 볼품없이 작았다.

아내 그릇도 간장 종지 수준이었다. 한창 일하느라 바쁠 텐데 남편에게 전화해서는 언제쯤 오느냐고 재촉하듯 물었다. "오늘도 늦어?" 스트레스가 심하다며 미처 삭이지 못한 감정을 성급히 드러냈다. 누군가에게 하소연이라도 하지 않으면 휘몰아치는 거대한 감정이 나를 집어삼킬 것만 같았다. 힘들다는 얘기 그만하고 싶은데. 나도 이렇게 지겨운데 듣는 남편과 아이들은 오죽할까. 후회하고 다짐하고 다음 날이 되면 다시 무너지고. '엄마의 이런 불안감을 너희도 분명 느끼겠지.' 알면서도 금세 잊고 같은 실수를 반복하고 만다.

정작 아이에게 가장 중요한 존재인 '엄마'에 대한 관심은 뒷전이었다. 나부터 챙기면 이기적인 것 같아서, 왠지 엄마는 그러면 안 될 것 같아서가 이유라면 이유였다. 더는 미루면 안 될 것 같았다. 예전에 읽었던 육아서가 문득 떠올라 들춰 보다 별표 쳐놓은 곳을 다시 읽어봤다. 이다랑 작가의 《아이 마음에 상처 주지 않는 습관》이란 책의 한 부분으로 엄마가 삶에 대한 통제력을 잃으면 아이를 자신의 뜻과 계획대로 통제하고 싶어진다는 내용이었다. 내 일상조차 마음대로 되지 않기에 그 욕구가 엉뚱한 곳으로 튀는 거라고.

내 얘기였다. 가뜩이나 의기소침한 나를 탓하고 몰아붙였다. 자책이 아닌 위로를 했어야 했는데. 자꾸 비난만 하니 속만 상하고 상한 속으로 아이를 대하니 그런 엄마에 아이도 속상해졌다. 책에는 통제감을 되찾으려면 스위치를 끄듯 엄마 역할에서 완전히 벗어나는 시간이 필요하다고 쓰여 있었다. 엄마 스위치를 완전히 끄려면 어떻게 해야 할까.

1. 아이가 곁에 없을 때 아이와 관련된 일 금지

2. 나만의 아지트 만들기

3. 아이를 일찍 재우거나 내가 일찍 일어나 시간 확보

4. 혼자만의 안식일 갖기

5. 종종 부부끼리 데이트

아이가 아니라 '나'부터. 철저하게 계획대로, 틀어짐 없이, 내 생활부터 통제해 보기로 했다.

책에 적힌 예시를 보니 실천 목록에 '내 책상 만들고 내 물건 올려두기'가 있다. 실은 이전부터 조그만 책상과 책꽂이를 사고 싶었다. 사봤자 쓸 일도 없을 거라고, 괜히 돈 쓰지 말자고 성급히 판단하고 마음을 접었던 기억이 난다. 남은 방에 나만의 조그만 아지트를 만들기로 했다. 그 밖에도 몇 가지 더 적어 내려갔다. 동네 맛집에서 혼밥하기, 혼자 여행가기, 컴퓨터 바탕화면에 '진경' 폴더 만들기, 고정지출에 용돈 목록 만들어 당당히 내 물건 사기···. 그동안 하고 싶은 게 많았나 보다. 엄마 역할에만 휘둘리느라 미처 몰랐다. 힘들다 힘

들다 한숨만 쉬고 가족들 몰래 울며 청승만 떨 줄 알았지 정작 내가 힘든 게 뭔지, 어떻게 해야 할지는 미뤄두고 안일하게 지냈다.

왜 그랬을까. 어째서 아이 탓만 했을까. 답은 내 안에 있었는데. 문제는 '나'였는데.

12

자존감 메이크업

쫓기듯 하루를 보내다 드디어 '육퇴'다. 한 것도 없이
하루가 다 가버렸다. 아쉬움에 폰만 만지작대다 눈을
뜨면 어느새 아침. 종일 못한 일도 하고 내 시간 좀 보
내다 자려고 했는데 언제 곯아떨어졌을까. 정신이 몸
을 이기지 못해 질질 끌려다닌 지 꽤 됐다.

　남편이 출근 준비를 마치고 현관 앞에 섰다. 잘 다녀
오라며 부루퉁한 표정을 보이니 말하지 않아도 다 안
다는 듯 "일찍 올게, 잘 버티고 있어" 한다. 신혼 때만

해도 출근하는 그가 가여워 보였는데 요즘은 부럽다. 지옥철 타고 회사 가서 죽어라 일만 하다 와도 괜찮으니 나도 홀몸으로 가볍게 한번 나가보고 싶다.

전에는 출근할 때마다 회사 가기 싫다는 말이 자동으로 튀어나왔는데. 특히 한겨울 아침 머리 감기는 거의 고문 수준이었다. 이따금 하는 회식도 귀찮기만 했는데 요즘은 살짝 그립다. 일찍 일어나 단정한 차림으로 집을 나서는 일도, 점심 먹고 동료들과 차 한잔 마시며 떨던 수다도, 저녁 늦게까지 이어지던 술자리도. 당연할 땐 대수롭지 않게 여기던 것들이 하기 어려워지니 간절해진다.

어제와 같은 일상이 반복된다. 꼭 '육아 공장' 같다. 매일 같은 시간 스위치 ON. 가동되기 시작하면 그때부턴 영혼 없이 자동으로 돌아가는 기계가 된다. 피로감은 날로 심해지고 몸이 안 따라주니 기분마저 처진다. 행복한 육아를 바랐건만 '행복'과 '육아'라는 단어는 서로 모순이라 느껴진다. 애정 어린 눈빛으로 아이를 바라보며 차오르는 기쁨에 어쩔 줄 몰라 하다가도 어떻게 육아가 행복할 수 있냐며 변덕 부린다. 뚫어져라 나만 바라보는 아이. 엄마가 세상 전부겠지. 단단한 세상이 돼주고 싶은데 자꾸만 무너지고 휘청인다. '아가야, 너는 이런 내 마음 알 리 없겠지. 엄마 우울해.' 아기로 돌아가면 어떤 느낌일까. 순간순간의 오감에 충실할 뿐 아무 걱정도 불안도 없겠지. 부럽다, 이 녀석. 엄마는 요새 조금 이상해. 아이와 눈 맞추며 혼잣말을 연신 하니 무슨 말인지도 모르면서 좋다고 까르르 웃는다. 햇살처럼 반짝이는 아이 앞에서 그림자처럼 어두운 낯빛을 하고 있으려니 마음이 편치 않다.

통화 목록을 뒤지는 일이 잦아졌다. 누군가에게 풀지 않으면 숨이 막힐 것 같다. 듣고 싶은 말은 늘 한 가지. '그래, 그럴 수 있지. 충분히 그럴 수 있어.' 스스로조차 이해하기 어려운 지금의 나를 누군가에게라도 인정받아야 그나마 안심이 된다. 타인에게 의존해 가까스로 가짜 자존감을 채우고 있다. 진짜 나는 텅 비어 있는데 위안의 말들로 잠시 얻는 안위가 무슨 소용일까.

알면서도 별도리가 없다. 엄마 껌딱지인 아이가 종일 옆에 들러붙어 있는데도 눈에 잘 들어오지 않는다. 단유와 함께 모성애도 메마른 걸까.

오랫동안 따로 떨어져 살았던 친정 엄마에게도 편히 마음 붙이지 못한다. 그러니 남은 사람은 한 명뿐. 소화하기 힘든 불편한 감정을 애꿎은 남편에게 토해낸다. 나도 내가 왜 이러는지 모르겠다고 울며 토로해 봐도 그때뿐이다. 다음 날이면 다시 제자리. 우울해서 울고 울어서 더 우울해진다. 불만은 끊이지 않고 시도 때도 없이 자기연민에 사로잡힌다. 이런 게 산후우울증일까.

거울을 본다. 눈가 주름이 신경 쓰인다. 피부는 그새 더 퍼석해졌다. 출산 후 힘없이 푸스스 빠졌던 머리카락. 군데군데 휑하고 잡초 같은 잔머리가 잔뜩 솟았다. 몇 차례 벌초를 건너뛴 묘지처럼 볼품없고 초라하다.

칙칙한 피부에 인위적으로 혈색을 입힌다. 눈꼬리를 과감히 빼 추켜올리고 아파 보이는 입술에도 선홍빛 생기를 얹는다. 딱히 갈 곳도 없지만 그냥 해본다. 밝은 불빛 아래 당당히 거울을 마주하고 싶어서. 하고 나면 기분이 좀 나아질까 해서. 속은 썩고 있는데 겉만 번지르르하게 꾸미다니 도무지 무슨 짓인지 모르겠다. 그런데 막상 곱게 꾸미고 거울을 보니 나가고 싶어진다. 이렇게까지 정성 들여 꽃단장해 놓고 나가지 않는 건 손해다. 외출을 감행하기로 한다. 온종일 시야에 들어오는 게 매일 똑같은 집안 풍경뿐이니 우울감이 사라질 리 없다.

그날부터 유모차에 서이를 태우고 나가 뭐가 됐든 꼭 사진을 한 장 찍어 돌아왔다. 장미가 흐드러지게 피던 늦봄부터 찍을 거라곤 말라비틀어진 나뭇가지밖에 없는 겨울이 오기까지 정리되지 않는 어수선한 마음을 SNS에 기록했다.

날이 맑다. 가끔씩 엉망이 되곤 하는데 어제와 오늘이 그랬고 그래서 하늘을 제대로 볼 수 없었다. 눈이 심장에 달린 것도 아닌데 마음의 눈이란 게 있긴 있나 보다. 저토록 눈부신 하늘이 어떻게 이렇게 하나도 와닿지 않을 수 있는 건지 놀라울 따름이다. 멍한 눈으로 바라보고 또 바라봤는데 원하는 답은 얻을 수 없었다. 언제나 그랬듯 정답은 내 안에 있으니 이 밤이 다 가기 전에 기꺼이 헤매보기로 한다.

#산책 #하늘멍 #흐린마음

맑고 고운 가을 하늘 사진 올리며 남긴 글치고는 참으로 처량 맞다. 너나없이 청명한 가을을 온 마음으로 즐기던 시기, 나는 그저 그날그날 느끼는 바를 덤덤히 적었다. 잘 쓰지 않아도 되고 누군가를 위해 쓰지도 않았기에 편히 마음의 무게를 덜어낼 수 있었다. 당시 내가 할 수 있는 최선의 마음부림이었다.

이후 SNS 친구들이 몇몇 생겼고 일상의 작은 활력소가 돼줬다. 때론 지인들의 농도 짙은 위로보다 그들의 가볍고 장난스러운 우스갯소리에 묘하게 더 힘이 났다. 아마도 부담되지 않는 선의 적당한 관심이 편하게 느껴진 것 같다. 원하는 만큼 솔직해지고 원치 않는 만큼 묻어뒀다.

가볍게 걷는 것부터 시작했는데 사진 찍는 걸 즐기게 됐다. 그렇게 찍은 사진 아래 기록 하나 남기는 걸 하루 낙으로 삼게 됐다. 바뀌려면, 당연하게도 바뀌도록 뭔가 해야 했다. 나갈 일도 없는데 웬일로 화장을 했던 게 외출 계기가 됐고 그 산책이 사진을, 사진은 글을 끌어낸 것처럼. 무의미해 보이는 행위 하나가 반드시 다음의 뭔가로 이어지거나 확장되지는 않는다. 하지만 집에 틀어박혀 우는 것보단 적어도 그게 나을 거라 판단했고 실제로 그랬다.

우울감은 자기 자신을 받아들이지 못하고 부정하는데서 오는 혼란스러움 아닐까. 그렇기에 반드시 직접 뭔가를 해내고 스스로 인정이라는 보상을 줘야만 한다. 단순히 타인에게 말로 받는 위로가 소용없는 이유다. 나부터 타당하다고 납득할 수 있어야만 진정으로 흐뭇하게 여길 수 있고 그 흐뭇함이 쌓여 결국 자존감이 된다.

13　　　　　　　　　　　**나도 자랄 수 있을까**

언제부터였을까. 기분이 수시로 가라앉았다. 아이를 낳
고 난 직후엔 출산 후라 호르몬 때문에 그럴 수 있다고
가볍게 넘겼다. 모유 수유하며 젖몸살에 시달리면서는
아프니까 그런 거라고, 단유할 때까지 조금만 더 버텨
보자고 이를 악물었다. 어느덧 서이는 두 돌이 다 돼가
는데 여전히 나아질 줄 모르는 이유 없는 갑갑함이 거
슬렸다. 아이는 매 순간 사랑스럽고 예뻤다. 그에 반해
내 모습은 날이 갈수록 초라하고 낯설었다. 어느 날 마

음에 들지 않는 내 모습을 유심히 들여다보다가 아이를 한 번 휘 쳐다보면서 이게 다 아이 탓이라는 비겁한 생각을 해버렸다.

내가 이렇게 힘든 데는 필시 그만한 이유가 있다 여겨야 마음이 한결 편했다. 아이가 유독 예민해서, 친정 엄마의 관심이 부족해서 또는 남편의 근무 여건이 좋지 않아서라고. 내 탓이 아니라고 믿고 싶었다. 그래야 시도 때도 없이 흐르는 눈물도, 아린 가슴도, 성급하게 쏟아내는 화도 그럴듯해지니까. 안 그래도 부족하게만 느껴지는 나를 더는 미워하고 싶지 않아 자꾸만 핑곗 거리를 찾았다.

엄마가 되고 나니 활동 반경이 늘 거기서 거기다. 뻔하고 안전한 곳. '심적으로' 안전한 곳. 아이가 어리니 새로운 곳에 가려면 제약이 많다. 바람이라도 쐬려 잠시 나왔다가 몇 군데 갈 만한 곳을 떠올린다. 후보지 중돈 안 들이고 시간 때우기엔 도서관이 제일 나아 보였다. 시원하고 오래 있어도 눈치 보이지 않고. 설사 아이가 깨어 칭얼거린다 해도 너그러이 이해해 주지 않을까 하는 막연한 기대도 조금 있었다.

동사무소 위층 작은 도서관으로 향했다. 집에서 빠른 걸음으로 5분 거리. 이렇게 가까운데도 별 관심이 없으니 여태 활용을 못했다. 유모차를 세워두고 주위를 한 번 슥 둘러보니 앉아 책 읽는 사람이 몇몇 보인다. 조용하고 한가롭다. 이게 얼마 만인지. 책 편식이 심해 늘 에세이 코너만 서성이던 난데 오늘은 골고루 한번 즐겨보기로 마음먹는다. 쭉 둘러보며 몇 가지 눈에 띄는 제목의 책을 빼 와 자리에 앉았다.

엄마라는 단어가 들어간 책에서 시선을 뗄 수 없었다. 나와 같은 엄마가 쓴 책이라니 읽기도 전부터 애정이 간다. 다른 주부들은 어떻게 지내는지도 궁금하다. 그러고 보니 주부가 되고 나서는 책이라곤 《임신 출산 육아 대백과》와 육아서 몇 권 들춰본 게 전부다. 그마저도 급할 때만 구급상자 뒤지듯 잠시 꺼내 볼 뿐 문제가 수습되면 다시 찾을 일은 없었다. 책은 여유 있을 때

차 한잔하며 우아하게 보는 거라고만 생각했다. 그 여유가 내게 쉽게 주어질 리 없었고 설사 주어진다 한들 다른 우선순위에 밀려 책의 차례는 돌아오지 않았다.

처음 잡은 책에서 저자는 매일 너덧 시간씩 평생 텔레비전을 봤지만 인생은 전혀 달라지지 않았다고 쓰여 있었다. TV와 친한 내 얘기 같다. 대신 책을 매일 꾸준히 읽으면 분명히 인생이 바뀐단다. '어떻게?' 행여 서이가 일어나기라도 할까 곁눈질로 아이를 의식하며 책장을 분주히 넘긴다. 같은 저자의 다른 책도, 그와 비슷한 주제의 또 다른 책에도 계속 눈길이 간다. 저 많은 책을 다 읽고 나면 뭔가 달라지는 게 있으려나. 뭐에 홀린 듯 빠져 앉은자리에서 반 가까이나 읽었다. 나처럼 아이를 키우는 주부가 어떤 연유로 독서를 시작했고 어떻게 시간을 냈는지, 어려움은 없었는지 사소한 것 하나까지 모두 쓰여 있었다. 청소 시간을 줄여 내 시간을 만드는 방법과 그래야 하는 이유, 예전과 지금의 차이 등이 적혀 있었다. 전부 읽고 내 걸로 만들고 싶어 바쁘게 따라가는 시선과 책장을 넘기는 손을 멈출 수가 없었다. 단순 재미가 아닌 '목적'에 의한 책 읽기를 처음 경험하는 순간이었다. 현실에서 벗어나고 싶은 마음과 달라지고자 하는 내 욕구가 저자의 의도와 제대로 맞물렸다.

김유라 작가의 《아들 셋 엄마의 돈 되는 독서》를 보면서는 독서를 통해 자신을 더 사랑하게 됐다는 문장에 눈길이 갔다. 풍요를 누릴 만한 자격이 있다고 믿게 됐고 좋은 것을 알아보고 선택하는 힘이 생겼다고 쓰여 있었다.

'나도 그렇게 될 수 있을까.'

나는 지금의 나를 사랑하지 못하고 있는데. 행복을 누릴 자격이 없다고 생각하는데. 마치 우울한 내 마음다 알고 해주는 말 같다. "나도 너처럼 그랬는데 지금 이렇게 됐잖아." 실제로 누군가에게 들었다면 도움이라기보단 자랑이나 염장질이라고 여겼을지도 모르겠다. 하지만 책은 겸손했다. 단단하면서도 유여하게 나를 이끌었다. 그러고 보니 여태 살면서 뭔가를 순수하게 믿고 따라본 적이 없다. 겁이 많아 변화가 싫었고 의심도 많았다. 자존심도 세서 다른 사람의 조언을 좀처럼 받아들이기 힘들었다. 그런데 글로 읽으니 신기하게도 거부감 없이 한 줄 한 줄 마음에 들어온다.

그전에는 책이 지닌 힘을 잘 알지 못했다. 읽어야 한다니 읽고 좋다고 하니 좋은가 보다 했다. 쟤는 똑똑한가 보다고, 책도 많이 읽는 것 같다고 주변 사람들 평을 들으며 잠시 우쭐해지는 순간을 즐겼는지도 모르겠다. 그래봤자 달라질 건 하나도 없는데. 내가 아는 진짜 내 속은 텅 비어 있는데. 타인을 잠시 속일 순 있을지라도 나에게 떳떳할 순 없었다. 허영심을 채우려 할수록 부질없음만 뼈저리게 실감할 뿐이었다.

감정 소모 짙은 대화로 시간을 때우거나 일회성 칭찬을 듣고 우쭐함에 젖거나 타인과 불행을 견주며 얄팍한 행복감을 얻는 데서 벗어나고 싶어졌다. 지인들의 공감이나 위로는 물론 고마웠지만 들을 때뿐이고 금세 잊었다. 배움으로 얻는 기쁨은 자급자족할 수 있고 여러 번 재활용도 가능해 보였다. 누가 끌어주지 않아도 내가 그러고 싶어서, 내 의지만으로 힘 있게 일어설 수 있다면 얼마나 좋을까.

무슨 일이든 지금 당장 내가 할 수 있는 일을 해야겠다는 생각을 그날 처음 한 것 같다. 주부도 마음만 먹으면 해낼 수 있다는 깨달음이 우울감을 순식간에 먹어치워 버린 듯했다.

비결은 바로 '책'이었다. 인생이 바뀌고 싶다면 책을 읽어야 하는구나. 신선하고 강렬한 충격에 기분 좋게 사로잡힌 채 서이가 깰 때까지 한참을 그렇게 멍하니 있었다. 그게 뭔지 정확히는 모르겠지만 이 시간 이후 왠지 많이 달라질 수 있을 것만 같은 예감이 들었다.

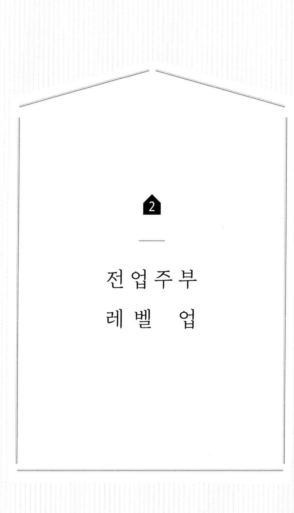

2

전업주부
레벨 업

1   **미션: 집안일 지분을 줄여라**

막상 책을 읽으려고 하니 언제 읽어야 할지 난감하다. 유일하게 떠오르는 건 서이 낮잠 시간이다. 하지만 그마저도 마음이 허락지 않는다. 점심 먹고 난 그릇을 바로 닦아놔야 할 것 같고 다음 끼니는 또 어떻게 때울지 냉장고를 뒤져 이래저래 궁합을 맞춰 준비해 놔야 하지 않을까 조바심이 인다. 이것만 치워놓겠다며 거실 바닥에 흐트러진 물건을 정리하다 쓰레기를 버리러 주방으로 간다. 그러다 보면 식탁 위 얼룩도 닦게 되고 나중에

하자 했던 설거지에도 손이 간다. 양치질하러 욕실에
들렀다가 물때가 눈에 걸려 수세미를 들고 문지르고 있
기 일쑤다.

　그간 굳어진 생활 방식을 바꾸기는 쉽지 않았다. 특
히 집안일을 내려놓는 게 가장 어려웠다. 종일 아이가
어지른 물건을 정리하고 끼니를 차리고 먹은 자리를
치우는 일만으로도 하루가 금세 다 가버렸다. 똑같은
일과를 매일 소화해 내며 마치 '너는 엄마야, 엄마' 하
고 나 자신을 계속 부추기고 세뇌하는 듯했다. 하려고
마음먹고 한다기보다 온 마음과 몸의 시스템이 이미
그렇게 설정돼 자동으로 작동하는 느낌이랄까. 잠자는
시간을 제외하면 오롯이 살림과 육아 모드였던 열여
덟 시간 정도를 하루아침에 바꾸기란 당연히 어려울
수밖에 없었다. 어디서 없던 시간이 뚝 떨어져 생겨나
는 기적은 일어나지 않을 테니 어떻게든 기존에 하던
일을 단념해서 얻어낸 시간을 쪼개 책을 읽는 수밖에
없었다.

일단 집이 늘 깔끔하게 정리돼 있어야 한다는 그놈의 강박부터 버리기로 했다. 아이가 놀고 난 놀잇감을 스스로 정리하지 않는 것은 어찌 보면 당연했다. '아이'니까. 그러니 엄마인 내가 먼저 마음을 비우는 쪽이 현명했다.

'보지 말자, 그냥. 애들 있는 집은 엉망인 게 당연해.'

선반 위에 뽀얗게 쌓인 먼지, 거실 바닥에 아무렇게나 널브러진 장난감과 책, 머리카락, 책상 가득 그려진 낙서… 사건 현장 단서처럼 신경 쓰이는 것들이 레이더에 걸릴 때마다 홱 시선을 돌려버렸다. 대신 책에 눈길을 뒀다. 집에 있으면 무조건 아이와 함께 놀아줘야 한다고 생각했는데 그것 역시 스스로 만든 강박일 뿐이었다. 서이는 혼자서도 제법 잘 놀았다. 곁에 책 읽고 있는 엄마가 있다는 것만으로도 안정감을 느끼는 듯했다. 당연히 안 될 거라고만 생각했는데 섣부른 걱정이었다. 그리 오래는 못 갔지만 그래도 이런 식으로 계속 분위기를 만들면 아이도 금방 적응하겠다 싶어 마음이 놓였다.

온종일 어지럽던 집을 늦은 밤 한꺼번에 몰아서 치워도 이전과 달라지는 것은 없었다. 아무도 뭐라고 하지 않았고(그래봤자 남편뿐이지만) 청소로 까먹던 시간은 고스란히 내 시간이 됐다. 그제야 한 발짝 뒤로 물러나 객관적으로 나를 바라볼 수 있었다. 치워도 치워도 결국 원상태로 돌아갈 집을 치우고 또 치우는 나. 그걸 알면서도 단념하지 못하고 억척스레 치우는 내가 그제야 보였다.

육아서에는 놀이하듯 아이와 함께 정리 정돈 하라고 쓰여 있었다. 하지만 <모두 제자리> 노래를 틀어놓고 아무리 같이 치우자고 해도 서이는 옆에서 더 어지르기만 하지 나설 생각은 없어 보였다. 처음 시도한 하루 이틀 정도 간신히 흉내만 좀 냈을까. 아이의 협조를 구하려 애쓰다 보면 혼자 치우는 것보다 더 극심한 피로를 느꼈다. 아이 다루는 데 젬병인 나 같은 엄마에겐 알아도 할 수 없는 일이 분명 있었다. 그래서인지 방법론적 육아서보단 심리서 같은 쪽을 더 선호하고 자주 읽게 됐다. 일단 지친 내 마음부터 토닥이고 나면 없던 호랑이 기운도 솟으나 '그까잇' 청소쯤 내가 하고 말지 하고 순식간에 해버릴 수 있었다.

의도적으로 '청소 시간=내 시간'이라고 인식하고 나니 차츰 그 시간이 너무도 귀하게 느껴졌다. 청소만 하기엔 아깝다는 생각을 처음 했다. 그렇다고 명색이 주부인데 아예 집안일은 나 몰라라 손 놓아버릴 수도 없는 노릇이었다. 그래서 짐을 대폭 줄이기로 했다. 집 안에 물건이 많다는 건 정리해야 할 게 많다는 뜻과도 같았다. 그러니 반대로 생각하면 꼭 필요한 가구만 놔두고 아닌 건 없애면 될 일이었다. 그렇게 침대 옆 협탁, 화장대, 서랍장, 아이 장난감 몇 가지와 자질구레한 장식품 모두 보이지 않는 곳으로 치우거나 처분했다. 팔고 나눔하고 딱지를 붙여 내놓기도 했다.

치우는 횟수는 줄었는데 오히려 집은 쾌적하고 말끔해졌다. 아직도 거슬리는 게 간혹 있긴 하지만 그래도 나는 스스로를 미니멀리스트라 칭한다(고 쓰고 우긴다라 읽는다). 청소 시간을 줄이려다 얼떨결에 단출한 삶을 추구하게 됐는데 예상외로 참 좋다.

바닥에 펼쳐둔 이불을 개키고 거실에 나뒹구는 물건들의 자리를 찾아준다. 돌돌이를 바닥에 몇 번만 굴려주고 나면 완벽하진 않아도 행여 누가 불시에 온다 한들 흉잡히지 않을 정도는 된다. 이전에 들이던 수고의 반도 채 들이지 않았는데 그럭저럭 봐줄 만하다. 레이더 바짝 세우고 뭐부터 치울까 고민하던 시간이 사라지니 멍 때릴 시간도, 책 읽을 시간도 늘었다. 그 밖에도 아이가 낮잠에 들거나 남편이 퇴근한 후 읽지 못한 책을 마저 읽거나 글을 썼다. 열여덟 시간 사이사이 나를 위한 일들을 틈틈이 끼워 넣으니 잃었던 시간을 되찾은 듯했다. 청소 시간 하나 줄였을 뿐인데. 그저 그게 다인데. 주문 걸듯 속으로 되뇌었던 말을 다시 옮겨본다.

'보지 말자, 그냥. 애들 있는 집은 엉망인 게 당연해.'

세상 사람들은 우리 집에 별 관심이 없다. 손님이 온다 한들 미리 허락을 구하고 오지 무턱대고 오진 않는다. 그러니 딱 그때만 청소 모드에 돌입하면 된다.

"오, 이게 누구 집이야?" 내일 올 시누들을 위해 오랜

만에 때 빼고 광 좀 냈더니 남편이 어이없다는 듯 웃는다. "지금 당장은 적응하기 어렵겠지만 걱정 마. 며칠 뒤면 원 상태로 돌아올 테니까"라고 하니 며칠이 아니라 '몇 시간'이라고 정정해 준다. 그러네. 내가 너무 욕심부렸네.

요즘은 그래서 누군가 놀러 오겠다고 하면 반긴다. 약속한 당일 오전이나 전날 저녁은 괴력이 솟아나 빠르게 대청소가 가능하기 때문이다. 한번 놔버리니 외려 이쪽이 더 익숙해졌다. 나도 내가 이럴 줄 몰랐다.

마음이 불편해서, 가족들 눈치가 보여서 집이 깔끔하게 유지돼야만 직성이 풀렸다. 내 인식만 바꾸면 해결될 문제였는데 그러지 못했다. 그래도 처음이 어렵지 막상 익숙해지고 나면 내가 왜 그랬지 싶다. 그렇게 번 짬을 좀 더 유용하거나 좋아하는 다른 일에 써보면 어떨까. 물론 사람마다 가치관 차이는 있겠지만 정리벽이 심했던 경력이 있기에 막상 헤어 나오고 나니 너무 홀가분하다고, 마음이 붕붕 뜰 듯 가벼워 날아갈 것 같다고 꼭 얘기하고 싶다. 집에 공들이던 시간만큼 앞으론 나에게 더욱 다정하고 세심하게 신경 써주려 한다.

> **TIP**
>
> Less is more. 집안일 지분을 줄여
> 나를 돌보는 데 투자할 것.

타협해도 괜찮아

육아하며 자연스레 친해진 네 가지. 잠, TV, SNS, 야식. 허한 마음과 짙은 피로를 달래주는 기쁨조다. 그만 안녕하고 싶지만 여간해선 끊기 힘든 중독성 甲 녀석들.

오후 2시. 필사적으로 아이를 재워야 한다. 그래야 내 시간이 생기니까. 마침 눈에 졸음 가득한 서이를 아기 띠에 태워 한참을 이 방 저 방 거닐며 돌아다닌다. 자장가도 불러주고 토닥토닥 해주니 금세 눈을 스르르

감는다. 뽀얗고 윤기 나는 볼에 내 볼을 살며시 갖다 댄다. 따듯하고 보드랍다. 오전에 쌓인 피로가 흩어지는 듯하다. 드디어 육아 쉼표 시간.

'재우긴 했는데. 이제 뭐 하지?'

밤이면 뒤척이다 깨어 우는 아이를 달래느라 늘 잠을 설쳤다. 그래서 한동안은 아이 낮잠 잘 때 옆에 누워 함께 잠을 청하기도 했다. 엄마가 옆에 있어야 안정돼서인지 아이도 더 오래 푹 자는 듯했다. 그런데 문제는 잠은 자면 잘수록 는다는 거였다. 이쯤 되면 충분하다는 생각이 들어야 하는데 자도 자도 더 자고 싶기만 했다. 급기야 분명 훤한 대낮부터 자기 시작했는데 일어나 보면 캄캄해져 달이 보일 적도 있었다. 낮잠이 밤잠으로 이어지는 건 순식간이었다. 허기만 아니면 다음 날 아침까지도 잘 수 있을 것 같았다. 남편 퇴근 시간은 다가오는데 저녁 준비도 안 한 채 푸지게 자다 일어나 멍하니 있을 적이 잦았다. 자도 자도 피곤한 느낌을 지울 수 없었다.

쏟아지는 졸음을 어떻게든 참고 깨어 있는 편이 낫

겠다 싶었다. 그동안 굳어진 생체리듬이 있는지라 처음엔 깨어 있는 것만도 쉽지 않았다. 정신은 혼미한데 계속 자면 안 된다고 타일렀다. 잘 시간인데 갑자기 왜 이러느냐며 눈꺼풀과 온몸이 반항했다. 그 뒤론 서이가 잠들면 아이를 침대에 조심히 내려놓고 무작정 욕실로 들어가 얼굴에 사정없이 찬물을 끼얹었다. 그렇게 낮잠을 자지 않는 것까진 어찌어찌 적응을 했다. 그러나 막상 해야 할 일도 하고 싶은 것도 없으니 그다음이 난감했다.

일단 아이가 자는 동안 밥부터 제대로 챙겨 먹기로 했다. 아이만 챙기고 내 끼니는 거르거나 대충 먹을 때가 많았다. 주방에 냅다 뛰어가 먹을거리를 준비하고는 주섬주섬 리모컨을 찾아 TV를 켠 뒤 밥상을 펴놓고 앉았다. 밥 먹을 때만이라도 다 큰 사람들이 대화하는 음성이 듣고 싶어 일상 대화가 오가는 관찰 예능 프로그램을 틀었다. 대답할 필요 없이 바라보기만 하면 되니 편하고 좋았다. 종일 말 못하는 아기 앞에서 혼자 떠들려면 이렇게라도 충전해야 했다. 엄마는 온종일 무임금 방청객 알바를 해야 하니까. 바보상자면 어떤가. 나는 잠시 행복한 바보가 되련다.

또 하나 나도 모르게 푹 빠진 게 있었으니 바로 SNS 였다. 일상의 무료함을 덜기 위해 인스타그램에 사진과 함께 짤막한 글을 적어 올리는 것까진 괜찮았다. 몇몇 팔로워들과 댓글을 주고받다 보면 대화가 끊이지 않았다. 그들의 관심과 상냥함이 고마웠다. 지인들에게 연락하면 왠지 만남으로 이어져야 할 것 같은 부담감이 있었는데 팔로워들과의 소통은 그마저도 없으니 편했다. 대개 실제 대면한 적 없는 사람들이었지만 서로의 일상을 공유하다 보니 친밀감이 남달랐다.

셀 수 없이 많은 피드를 스쳐 지나갔다. 잘 알지 못하는 이들의 화려한 삶을 마주하면 씁쓸했다. 무의식 중에 비교하고 자격지심 느끼는 내가 싫어 앱을 지우고 몇 년을 보내다가 이번에 다시 깔았다. 예전보다 상황은 조금 나아졌지만 상대적 박탈감은 여전했다. 어쩌다 내게 불쾌감을 줄 것 같다 싶은 피드가 뜨면 일부러 외면하고 재빨리 넘겨버렸다. 미처 인지도 하지 못한 상태에서 빨려 들어가듯 클릭, 풍덩 빠져버리면 그 뒤론 답이 없다. 시간 괴물에게 잡아먹혀 또 허우적허우적. 스크롤을 내리고 내리고 또 내려봐도 보이는 건 온통 특별하고 눈부신 일상뿐이다. 일상이 화보인 사람들이 이렇게나 많다니. 어쩜 이리 완벽할 수가 있지? 말도 안 된다고, 현실성이 떨어진다고 생각하면서도 좀처럼 눈을 떼지 못했다. '미쳤지. 이제 그만 봐. 정신 차리고 헤어 나오라고.' 비교병에 걸려 우울해지려는 마음을 간신히 추스른다. 평범한 일상을 살아내고 있는 보통 사람들 피드로 돌아와 평온을 되찾는다. 나와 닮아 있는 그들에게 애정과 연민을 느낀다.

어느새 낮잠 시간이 훌쩍 흘러 끝나버렸다. 아이를 재우고 나면 뭔가 대단한 걸 해야지 다짐해 놓고는 늘 이런 식이다. 잠, TV 아니면 SNS. 그 대단한 일이란 게 사실 뭔지도 잘 모르겠다. 허탈한 마음 뒤로하고 깨어난 서이에게 다가가 방긋 웃는다. "잘 잤어, 아가?"

남편이 퇴근해 저녁상 차리고 치우니 금세 하루가 다 갔다. 아니지, 아직 다 가지 않았다. 이제부터가 시작이다. 서이를 빨리 재우자고 비장한 표정으로 눈빛을 쏘니 용케 바로 알아듣고 사뭇 진지하게 고개를 끄덕이는 그. 이럴 때는 말 한마디 없이 손발이 잘도 맞는다. 신랑이 서이를 안고 자장가를 불러주는 사이 나는 폰을 들고 배달 앱을 뒤져 야식을 시킨다. 자극적이고 기름진 음식을 먹어줘야 스트레스가 풀릴 것 같다.

오늘 메뉴는 양념 곱창이다. 매콤 쫄깃한 곱창 하나에 당면 둘둘 말아 향긋한 깻잎까지 얹어 아름답고 풍성한 한 숟갈을 만들어 낸다. 조그만 입 한껏 벌려 욱여넣고 질겅질겅 씹으니 엔도르핀이 솟는다. 배달 문화가 우수한 민족으로 태어나 이 늦은 밤에도 어지간한 음식 다 먹을 수 있다는 사실이 기쁘다. 남편 직장 얘기와 집에서의 사사로운 일상을 나누며 깊어가는 밤. 남편은 술에 취하고 나는 자유에 취한다.

그리고 다음 날 부은 얼굴과 옆구리 살을 보며 후회한다. 다이어트까진 아니더라도 녹색 샐러드에 싱싱한 과일 챙겨 먹으며 지내야 하는데. 서른 후반이면 이제 건강에 신경 쓸 나이도 됐다. 불현듯 건강 식단 강박에 휩싸인다. 어젯밤 그 시간, 그 메뉴. 배 속 장기에 좋지도 않은 음식 밀어 넣으며 밤샘 근무로 부담 준 것에 미안해진다. 월급일은 아직 꽤 남았는데 잦은 야식으로 생활비 통장 잔고는 벌써 바닥을 드러냈다. 남은 기간 냉장고 털어 먹으며 버티면 된다고, 이번 달은 스트레스가 특히 심했나 보다고 합리화한다. 건강에도 절약에도 좋지 않은 야식에 빠져버리니 꼭 매력 '쩌는' 나쁜 남자와의 영양가 없는 연애처럼 도무지 통제 안 되는 엉망진창 하루가 쌓여간다. 아이는 곱고 바르게 잘 자라고 있는데 나만 뒷걸음치는 듯해 서글프다. 이렇게 대책 없이 지내도 되는 걸까.

까짓것 '괜찮다'고 말해준다. 좀 풀어져 있자. 이게 뭐 어때서. 평생 이럴 것도 아닌데. 마음 편치 않고 찔린다는 건 은연중 자책하고 반성하고 있다는 뜻이다. 이런 날도 있고 저런 날도 있는 거지 꼭 어떻게 지내야 옳다는 정답 따윈 없다. 할 수 있을 만큼 충분히 애 쓰고 지칠 땐 마음 내려놓고 최선을 다해 좀 쉬자.

생각해 보면 아이와 함께하는 낮잠 덕에 오후에 치르는 육아 2차전도 무리 없이 버틸 수 있었다. 개운하게 한숨 자고 나면 아이에게도 더욱 다정해진다. 육아는 정신력도 중요하지만 결국은 체력 싸움이니까. 피곤하면 때로 푹 자도 된다고, 괜스레 찔려 하지 않아도 된다고 얘기해 준다.

스트레스에 짓눌려 죽을 것 같다가도 육퇴 후 드라마 몰아볼 생각에 잠시나마 기운 나면 된 거 아닌가. SNS 속 '인싸' 피드에 심란해질 때도, 야식으로 찐 뱃살이 흘러내려도 너무 심각하게 고민하거나 죄책감 갖지 않기로 했다. 당분간만.

TIP
가끔 하는 일탈에 너무 죄책감 갖지 말자.

3 **한 줄 모여 동산**

학창 시절부터 복잡한 수학 문제라면 몸서리쳤다. 이렇게 재미없는 걸 왜 알아야 할까. 원하는 대학에 가려면 해야 한다니 거의 죽을상을 하고 풀었다. 정해놓은 목표와 그 과정 사이의 연결 고리를 찾기가 좀처럼 쉽지 않았다. 진학을 위한 수단 말고 좀 더 합당한 이유를 알길 원했지만 누구 하나 명확히 얘기해 주지 않았다. "그래도 대학은 나와야지"가 유일한 대답이라면 대답이었을까. 그러던 중 은인을 한 명 만났다.

그림 그리는 게 좋았고 성적이 좋은 과목도 미술이었다. 그래서 미대에 가기로 마음먹었다. 좋아하고 잘하는데 안 할 이유가 없었다. 당시 내가 정신적 지주라 여기던 분은 미술학원 부원장님이었다. 아마도 나를 나보다 더 잘 아셨던 것 같다. '왜' 그림을 그려야만 하는지 수시로 동기를 일깨워 주셨다. 대학 캠퍼스의 로망, 목표를 이미 이룬 것처럼 상상할 때의 설렘, 해냈다는 마음에서 비롯되는 단단함과 여유 같은 것들. 단순히 그림 그리는 기술만이 아니라 미래라는 그림을 그려볼 수 있게 해주셨다. 내 하루하루의 수고가 결코 헛된 일이 아님을 잊을 만하면 상기하게 해주셨다. 물론 이것 역시 부원장님의 업무니 당연하다고 생각할 수도 있지만 내가 느낀 감사함은 그 이상이었다. 그 진심 어린 조언이 얼마나 큰 힘이 됐는지 모른다. 그때 알았다. 나는 스스로 납득할 만한 동기가 반드시 필요한 사람이라는 걸. 이유도 모른 채 끌려다니며 살고 싶지 않다는 생각을 막연히 했던 것 같다.

예전 내 기억을 돌아보면 힌트가 참 많다. 그때 그랬구나, 왜 그랬지, 꼭 그래야만 했나. 되짚어 보며 생각에 잠긴다. 당시에는 보이지 않았던 것이 멀찌감치 와서 다시 돌아보면 보인다. 과거는 늘 예상치 못한 가르침을 툭 던져두고 간다.

니체는 자신의 '왜?'라는 의문에 명백한 대답을 제시할 수 있다면 이후 모든 것은 매우 간단해진다고 말했다. 이미 자신의 길이 눈앞에 명료히 보이기 때문에 남은 일은 그 길을 걸어가는 것뿐이라고. 지금까지는 확실한 동기가 있어서 한다기보다 해야만 하기에 하는 일들이 더 많았다. 왜냐고 물으면 내가 선택해 놓고도 변변찮은 답변조차 내놓지 못했다. 그래서 더 많이 헤맸고 뜻대로 되는 일이 없다며 푸념했다. 이젠 왜 그런지 알았으니 같은 실수를 반복하지만 않으면 된다.

그래서 내가 알고 있는 내 성향을 적어봤다. 나를 잘 알아야 했다. 앞으로 뭘 하고 싶은지, 어디로 어떻게 나아가야 할지 정하려면 그래야 했다. 뭘 좋아하고 싫어하는지, 푹 빠져들어 할 수 있는 건 뭔지, 가장 못 견디는 건 뭔지 등. 어차피 혼자만 알고 있을 것들이니 스스럼없이 묻고 편하게 써 내려갔다.

- 정적인 활동 선호
- 통제력 없이 끌려다니는 걸 싫어하고 주관 강함
- 인정과 성취감이 중요
- 끈기 약하고 기복 있음

이것저것 써 내려가다 마지막에 "지금과는 다르게 살고 싶다. 근데 어떻게?"라고 적었다. 책을 읽은 후 달라졌다는 이들의 이야기가 떠올랐다. 독서는 적어둔 메모에 대한 답이면서 다른 것에 비해 비교적 어려움 없이 시도해 볼 수 있는 일 같았다. 책을 읽어야 할 이유도 있고 내 성향에 맞는 정적인 활동인 데다 의지대로 자유롭게 할 수 있다는 면에서도 마음에 들었다. 원할 때 읽고 싶은 만큼 읽고 덮으면 그만이니까. 매일 부담되지 않는 선에서 읽을 분량을 정해놓고 목표치를 채우면 성취감도 느낄 수 있지 않을까. 단순히 읽는 데서 그치지 않고 작은 실천으로 이어진다면 좋겠다. 그럼 시간이야 좀 걸리겠지만 실제로도 변화가 이뤄지겠지. 지금 상황에서 가장 현실성 있어 보이는 시도였다.

처음엔 평소 좋아하던 에세이 장르 위주로 읽었다. 그러다 조금 익숙해질 무렵 생각을 달리 먹었다. 좋아하는 분야만 읽다 보면 자칫 처음 의도와 달리 시간 때우기용 독서가 될지 모른다는 생각에서였다. 당분간 '변화'를 위한 독서에 초점을 맞추기로 했다. 되도록 경제·경영서와 자기계발서 위주로 읽고 한 줄이라도 기록으로 남기자고 규칙을 세웠다. 책상에는 책 탑이 군데군데 쌓여 있었다. 빨리 읽어야 할 책과 나중에 봐도 될 책부터 구분 지었다. 서평을 써야 하는 책은 눈에 잘 띄도록 모니터 옆에 두거나 처음 읽을 땐 샤프로 메모하고 다시 읽을 땐 형광펜 표시를 하는 등 나름의 방식도 정했다.

시선 닿는 곳 여기저기에 책을 올려뒀다. 아이들 관심 밖으로 밀려나는 타이밍이 언젠지 기억해 두니 쓸모가 많았다. 주방 조리대 위 한 권이 가장 유용하다.

다시 팩을 우려 맛국물을 내는 동안, 냉동된 고기를 달 귀진 프라이팬에 녹이는 동안, 다 된 찌개나 반찬을 보글보글 졸이는 중에도 습관적으로 책을 집어 든다. 식탁에 놓아둔 한 권은 주로 아이들 간식 주면서 본다. 안방 침대 위 몇 권은 서이와 단이가 둘이서도 잘 놀고 있을 때 슬쩍 들어와 펼치는 용도다. 일상 곳곳에 파고들어 유난스럽게 책을 펼친다. 그 빈번한 횟수는 집요하게 나를 챙기는 방식이 됐다.

이렇게 장치를 갖춰두니 안 읽으려야 안 읽을 수가 없다. 아침부터 저녁까지 잠깐씩 읽은 몇 줄이 모여 동산이 된다. 작은 정상을 매일 올라보기로 했다. 답답하게만 느껴지는 지금이 없어서는 안 될 꼭 필요한 시간이었다 여길 순간이 언젠가 오리라 믿는다. 그렇게 나는 매일 책을 읽기로 했다.

TIP
매일 한 줄이라도 읽을 것.

4 　　　　　　　　　　　**나쁜 습관, 안녕**

TV가 자꾸만 꼬시는 것 같다. 틀어달라고. 봐달라고. 꼬임에 넘어가 하염없이 보고 또 본다. 습관적으로. 신혼 때는 신랑과 함께 <워킹데드>라는 미국 드라마를 밤새 정주행했다. 무려 시즌 7까지 정신 못 차리고 보다가 내 사랑 스티븐 연(극 중 글렌)이 처참하게 죽고 난 뒤(스포주의!) 겨우 벗어날 수 있었다. '왜 하필 글렌을!' 분개하며 아쉬운 마음으로 작별을 고했다. 안 그랬음 아마 못 끊었지 싶다. 지금 생각하면 그 잔인한 좀비 드라마가 뭐 그리 좋다고 그렇게 날 새워가며 봤는지 모르겠지만 그때는 정말이지 재밌었다.

최근에는 <나의 해방일지>라는 드라마 16편을 이틀 만에 해치웠다. 아이들을 재운 뒤 밤부터 이른 새벽까지 몰아봤다. 이쯤 되면 TV 폐인으로 오해할 수도 있겠지만 우리 집엔 현재 TV가 없다. 방송수신료가 빠진 아파트 관리비를 매달 흐뭇하게 낸다. 이 앞뒤 안 맞는 얘기의 자세한 내막은 뒤에서 다시 설명하겠다.

아이가 생긴 뒤 자연스레 TV와 거리를 두게 됐다. 아마 대부분의 가정이 비슷하지 않을까. 돌이 넘을 때까지 밤 수유니 수면 교육이니 하며 아이 재우는 데 혈안이 돼 TV와 강제로 멀어지는 시기가 온다. 그러다 아이가 두 돌 가까이 되고 육아 스트레스가 극강으로 치달으면 그때부터 다시 그분이 간절해진다. 아이에게 보여주며 잠시 쉴 때도, 늦은 밤 스트레스 풀기에도 이만한 물건이 따로 없기 때문이다. 물론 어린아이에게 영상 노출이 특히 안 좋다는 얘기는 익히 들어 알고 있다.

하지만 이 편안함을 좀처럼 포기하기 힘들다. 내 친구 호비 DVD에서 시작된 TV 시청은 뽀로로로, 콩순이로 점점 진화해 갔다. 처음엔 20분 보여주는 것도 벌벌 떨다가 나중에는 태연하게 그분께 애를 맡겼다. "엄마 저녁 준비 좀 할게, 잠깐만 보고 있어!" 그 뒤론 자유였다. 부르지도 않지, 놀아주지 않아도 되지, 말썽도 안 피우지, 더할 나위 없었다.

결국 치우는 게 낫겠다는 결론을 내렸다. 적어도 눈에 보이지 않으면 희망 고문도 함께 사라질 테니까. 좋다고 보여줄 땐 언제고 괜히 보여줬다고 금세 후회하는 변덕을 어찌한단 말인가. 이런 줏대 없는 마음가짐으론 참지 못하고 계속 보여줄 게 뻔했다. 마침 집 계약 기간이 만료돼 이사를 앞두고 있었다. 결국 바로 옆 민박 방에 놓을 TV가 필요하다던 친정에 기꺼이 기부하기로 했다(말로는 그랬지만 울며 겨자 먹기로 보냈다). 그는 훌륭한 보모였습니다….

TV를 없앤다는 건 이제부터 아이와 더욱 적극적으로 놀아주겠다는 의지 표명과도 같았다. 그게 아니었다면 그 꿀맛 같은 평온함을 순순히 포기하지 못했을 거다. 나란 사람 내가 제일 잘 아니까.

보모가 사라진 뒤 엄마의 요리 시간에 적응하지 못하는 건 애나 어른이나 똑같았다. 같이 놀자고 조르는 아이에게 혼자 놀고 있으라고 하고는 주방으로 갔다. 서이는 한동안 넋이 나가 어쩔 줄 몰라 했다. 잠시라도 가만히 있거나 심심하면 안 될 것처럼 불안해했다. 그런 아이를 보는 나도 마음이 편치 않았다. 하지만 예상대로였다. TV 없는 환경에 가족 모두가 생각보다 금세 적응했다. 식사 준비할 때 유독 심심해 못 견디는 아이에게 주방용 안전 칼과 귀여운 크기의 도마를 선물했다. 재료 모양이 엉망이어도 괜찮은 카레나 찌개를 만들 때 "엄마 좀 도와줄래?" 부탁하면 "응!" 하고 잽싸게 달려와 작은 손으로 안전 칼을 야무지게 꼭 쥐고는 동강동강 썰어줬다. 육아 보모가 없어진 대신 요리 보조가 생겨 흡족했다.

혼자 밥 먹을 시간만 주어지면 습관적으로 틀어두던

TV가 없어지니 자연스레 식탁에 바른 자세로 앉아 천천히 밥을 먹게 됐다. 대신 약간의 허전함을 달래려 음악을 틀었다. 급하게 준비하지 않고 여유롭게 정성 들여 요리하는 횟수가 늘었다. 꼭꼭 씹어 음미하며 음식 맛도 더 세세하게 느낄 수 있어 좋았다.

남편과 나란히 앉아 멍하니 TV 보며 먹던 야식을 이젠 마주 앉아 눈 맞추며 먹는다. 간혹 말할 기운조차 없어 아무 말 없이 가만히 있고 싶을 때면 신랑은 유튜브를 보고 나는 책을 펼친다. 그렇게 차츰 대화가 늘었고 동시에 각자의 시간을 나름의 방식으로 즐기는 스킬도 생겼다.

서이가 다섯 살 되던 해, 우리는 빔 프로젝터를 들였다. 세계 거장 감독들이 만든 예술성 있는 작품을 아이도 누리게 해주고 싶었다. 어쩌다 한 번씩 보는 영화는 매일 습관적으로 틀어놓는 TV와 달리 특별한 하나의 문화처럼 자리 잡았고 나는 그 점이 좋았다.

아 참, 드라마 몰아보기는 이제 내게 끊지 못하는 습

관이 아니다. 빔 프로젝터를 들인 이후 드라마는 밤에만 볼 수 있다는 제한이 생겼는데 이게 생각보다 효과가 크다. 리모컨으로 꾹 누르기만 하면 언제든 쉽게 켜서 볼 수 있는 TV에 비해 번거로움이 몇 가지 늘어난 것뿐인데 그게 귀찮아 잘 안 보게 된다.

그래서 흔히 습관을 들일 때는 터무니없을 정도로 사소하고 간편한 시작 패턴을 만들라고 하나 보다. 비타민을 매일 먹으려면 식탁에 올려두는 것부터, 운동을 가려면 일어나 운동화를 신는 것부터 말이다.

반대로 나쁜 습관을 없앨 때는? 최대한 복잡하고 하기 어렵게. 코드를 빼놓거나 리모컨을 손이 닿지 않는 곳에 올려두거나 숨겨만 놓더라도 도움이 된다는 얘기를 익히 들어 알고 있지 않은가. 프로젝터는 벽에 화면을 맞추고 선명도를 조절하고 넷플릭스를 켜서 채널을 고르는 수고를 감내해야만 볼 수 있다. 심지어 오전에 급작스레 보고 싶은 충동이 일어도 해가 질 때까지 꾹 참으며 기다려야 한다(고성능 최신형이라 낮에도 볼 수 있는 프로젝터나 암막 커튼이 있는 집은 예외다). '설마 진짜 되겠어?' 하면서도 순순히 따랐더니 진짜 됐다, 신기하게 도. '이걸 무슨 수로 끊지?' 했던 중독성 강한 TV조차 생각보다 허무할 만큼 수월히 끊을 수 있었다. 밑져야 본전이니 원한다면 한번 시도해 보길 추천한다.

<나의 해방일지> 16편 몰아보기는 일회성 이벤트 같은 것이었다. 이틀을 작정하고 날렸다(아니, 날리지 않았다. 행복에 겨워했다). 대체 얼마나 재밌길래 그렇게나 화제인지 꼭 확인해야만 했다. 솔직히 털어놓자면 구씨 매력에 빠져 허우적거리는 기간은 이틀보다는 많이 길었다. "염미정, 너 자신을 알라고"라는 대사가 나오는 장면은… 몇 번이나 돌려봤는지 굳이 언급하지 않겠다. 그래도 온 마음 다해 추앙한 이틀을 제외하고는 계획한 모든 스케줄을 무사히 사수해 냈다.

정해진 시간에 계획대로 일회성 작품을 보는 게 규칙이라면 규칙이랄까. 나름의 휴가 기간을 미리 정해 두고 마음 푹 내려놓고 본다. 꼭 보고 싶은 드라마가 있다면 질질 끌지 않는다. 완결판을 골라 전편 몰아보기

로 짧고 굵게 끝낸다. 바쁜 시기라면 급한 불부터 먼저 끄고 '포상'으로 동기를 부여하는 방법도 좋다고 본다.

뭐든 완전히 끊지는 않기로 했다. 드라마도 영화도 다큐도 세상에는 참한 작품이 너무나 많으니까. 소설 원작을 옮긴 영화는 특히 더 흥미롭다. 책으로 접했을 때의 감상과 비교하며 다른 방식으로 더욱 깊이 이해하게 되는 효과도 있다. 그러므로 아예 보지 않는 건 손해라는 결론!

몇몇 괜찮은 작품을 고심해 골라 즐긴다. 아이가 크면 추천할 만한 영화도 메모해 두면서. TV는 어떻게 보느냐에 따라 바보상자가 될 수도 또는 훌륭한 문화상자가 될 수도 있다.

TIP
'번거롭고 어렵게' 굿바이 패턴을 만들어 서서히 멀어질 것.

5   **일상 포트폴리오**

이른 새벽, 알람 없이도 눈이 떠졌다. 방으로 가야 하는
데 이불이 자꾸만 질척거린다. 이불 밖은 위험하다며
여기가 따뜻해서 좋지 않으냐고 묻는다. 인정하고 홀랑
넘어간다. 그러면서도 가만히 있는 게 영 찜찜하다. 뭐
하나라도 해야 한다는 강박이 언제부턴가 따라다닌다.
누운 채로 폰을 들고 블로그 앱을 연다. 임시저장 글에
미리 적어둔 포스팅을 읽기 편하게 한 번 더 다듬는다.

오랜 기간 내버려 둔 블로그를 다시 시작한 지 3년 정도 됐다. 쓰는 행위는 답답한 마음의 분출구가 돼줬다. 머릿속 상념을 털어내고 나면 이내 가벼워졌다. 하나둘 늘어가는 글을 보며 성취감도 쌓였다. SNS는 전업이 주부인 여자가 세상과 소통하는 수단이다. 언제든 원할 때 전하고자 하는 것을 올리기만 하면 되니 부담이 없다.

'1일 1포'는커녕 날라리 블로거지만 멈추지 않고 이어가다 보니 어느새 이웃도 조금 늘었다. 왕래가 잦은 특별한 이웃도 생겼다. 부족한 글을 반겨주고 댓글도 남겨주는 다정한 이웃들이 고마워 받은 애정을 다시 돌려주러 다닌다. 자주는 못하더라도 가끔이나마 들러 진심을 전하려 애쓴다.

글쓰기 수업을 함께 듣는 동료 몇몇과도 이웃을 맺었다. 코로나19 탓에 줌 화면으로 보는 얼굴 말고는 아는 게 얼마 없다. 서로의 글을 읽으며 주어지는 힌트 조각을 느릿느릿 맞춰나간다. 구태여 뭔가 더 알아내려 하지도 않는다. 각자가 드러내고 싶은 정도까지 딱 원하는 만큼만 글로 보여주니까. 내가 할 일은 그저 새 글 알림을 걸어두고 기다리다 그들의 글을 경청하듯 읽고 댓글로 안부를 전하는 것. 공통분모를 가진 사람들이 다 보니 딱히 얘깃거리를 지어내지 않아도 할 말이 넘친다. 서로 응원해 주니 지칠 새가 없다. 얼마 전엔 누군가 내 포스팅에 "기대할게요"라는 댓글을 달았다. 기대한다니 그 기대에 충분히 부응하고 싶어졌다.

쉽지 않은 상황에서도 묵묵히 자신의 삶을 꾸려가는 이웃들의 글을 본다. 한결같이 성실하고 올곧은 마음가짐과 태도에 정신이 번쩍 든다. 나는 고작 이깟 일로 징징거렸구나 반성하게 된다. 세상에는 치열하게 살아가는 이들이 무수히 많다. 자세히 들여다보지 않아 지나치고 애써 알려고 하지 않아 모를 뿐이다.

기억상실증에 걸린 와중에 하루도 빠짐없이 일상을 기록하는 팔순 넘은 노인(이분은 나중에 방송에도 출연했다), 외벌이에 야근까지 해가면서 끝끝내 경제적 자유를 이뤄낸 직장인, 한쪽 청력을 잃고 그제야 인생을 다시 돌아보고 글을 쓰게 됐다는 아주머니, 글쓰기에 진심이어서 육아하는 틈틈이 서평을 쓰고 브런치에 소설까지 연재해 작가로 등단하는 주부들까지.

그들은 블로그에 꾸준히 글을 남기며 점점 더 단단해진다. 그리고 그들의 글을 나는 흥미롭게 탐닉한다. 꼭 유명 작가의 글만 훌륭한 게 아니다. 보통 사람의 얘기가 어떤 면에서는 더욱 애틋하고 감동 있다. 그들의 얘기가 곧 나의 얘기고 나의 얘기가 곧 그들의 얘기라고 느낄 때 우리는 진한 '공감'을 하니까.

한편 블로그에선 누구나 전문가가 될 수 있어 좋다. 사회적 기준에서의 딱딱한 틀 따윈 없다. 뭐가 됐든 개인적으로 잘하거나 관심 있는 내용을 적기만 하면 된다. 그때그때 선호하고 자주 하는 일을 사진이나 글로 간략히 남긴다. 골목대장 같은 느낌이라 푸근하고 부담 없다.

바질을 키웠을 때, 씨앗을 심고 싹이 자라 잎이 나오는 과정을 지켜보며 블로그에 기록했다. 물은 이만큼 주면 되고 분갈이는 이런 식으로 하면 된다고 설명을 적어 올리니 전문가라도 된 양 뿌듯했다. 어느 날 바질

잎을 자비 없이 뜯어다 파스타를 만들었는데 제법 맛이 좋았다. 이후로도 틈만 나면 화분으로 달려가 바질을 따다 찢고 다지고 신나게 소꿉놀이를 했다. <제이미스 키친>의 제이미 올리버처럼. 알리오 올리오에서 시작된 파스타 종류는 점점 늘어갔다. 봉골레, 멘타이코, 빼쉐, 뽀모도로. 그즈음은 그렇게 파스타 전문가처럼 지냈다. 관심사는 이리저리 가지치기하며 계속 뻗어나갔다. 소소한 일상을 적으며 재미가 붙었고 허했던 마음이 서서히 채워지기 시작했다.

요즘은 주로 서평과 에세이를 적는다. 한창 부동산 공부에 빠졌던 때는 재테크 관련 글을 올렸다. 공부로 여기니 어느 순간 지치고 하기 싫어져 지금은 더 좋아하고 잘할 수 있을 만한 주제로 방향을 틀었다. 이렇게 주관대로 소신껏 운영할 수 있다는 것도 블로그의 장점 중 하나다.

이웃들 글을 둘러보다 보면 자연스레 현재 트렌드도 알게 된다. 요즘 사람들이 어디에 관심을 두고 참여하는지 관련 경험에 관한 포스팅을 유심히 본다. 밖에 나가 누군가와 대화할 때 집에서 살림만 해서 아무것도 모른다고 하고 싶지 않다. 유창하게까진 아니어도 행여 누군가 얘기하면 내 의견을 간략히 덧붙일 수 있을 정도만 되면 좋겠다 싶었는데 블로그가 세상과의 다리가 돼주니 참 유용하다.

　결혼 후 일상은 단조로웠다. 나름대로 의미 있는 생활을 끌어 나가보려 했지만 쉽지 않았다. 가족 한 명 한 명의 요구에 맞춰 끌려다니다 보면 나를 잃어버리는 건 한순간이었다. 어떻게 되찾아야 할지 난감했다. 쓸모 있는 사람이라는 걸 증명하고 싶어 나 이것도 알아요, 저것도 알아요 하며 억척스레 쓰고 또 썼다. 일상 기록이 서평으로, 재테크 공부로, 에세이 연습으로 그리고 이 책으로 이어졌다.

　빈 레이아웃. 첫 화면이 기억난다. 이웃 수 0, 방문자 수 0, 글 0. 6개월 전 차례만 덜렁 적힌 채 커서만 깜빡이던 백지상태 초고 화면도 떠오른다. 남편은 신기하다고 했다. 아무것도 없는 상태에서 뭔가를 만들어 내는 게.

학교에서 작업할 때도 그랬다. 연습장에 있던 아이디어 스케치가 어느새 작품이 돼 갤러리에 걸린 걸 보면 신기했다. 내가 해놓고도 이걸 어떻게 했나 싶었다. 별생각 없이 한번 해볼까 하고 시작한 블로그가 지금 보면 꼭 하나의 작품처럼 느껴진다. 일상 포트폴리오랄까. 그날그날의 일과 느낀 바를 일기다 생각하고 정리한 것뿐인데 짤막한 기록은 어느새 800개가 넘는 글로 쌓여 나의 소중한 역사가 됐다. 적어두지 않았다면 몇 가지나 남아 있었을까.

내가 자주 다루는 글감이 곧 나였다. 하고 싶은 얘기, 가고자 하는 방향, 원하는 주제가 견고해질수록 나조차 몰랐던 나를 알아간다. 잃어버렸다고 생각했던 내가, 알고 보니 그 자리에 그 모습 그대로 있었다.

TIP

타인과 소통이 가능한 곳에 꾸준히 나를 기록할 것.

6

때론 아무것도 하지 않고 아무 말도 하지 않고 혼자 있고 싶다. 가끔 아이들이 옆에서 분주하게 지나다니며 왔다 갔다 하는 모양만 봐도 거슬려 속이 답답해질 적이 있다. 아이에게 쉴 새 없이 말하고 돌아오는 질문에 대답하는 게 곤욕스럽다. 이런 엄마가 뭐가 좋다고 저리도 해맑게 자꾸 웃어주고 들러붙을까. 안아주고 볼 부비고 예쁘다며 난리를 치다가도 불현듯 어디론가 도망치고 싶어진다. 대체 뭐가 문제일까.

한창 육아 스트레스가 절정에 치달았던 시기에는 남편이 퇴근해 집에 오면 탈출을 꾀했다. 한숨만 푹푹 쉬며 안절부절못하다 이때다 싶은 타이밍에 "지금부터 이 집에 나 없는 거야, 찾지 마." 선포하고는 휙 안방 문을 걸어 잠그고 들어갔다. 들어가 딱히 하는 건 없었다. 혼자 멀뚱멀뚱 있는 게 다였다. 아마 남편도 황당했을 테고 나조차도 그런 나를 대책 없는 철부지라 여겼다.

그즈음 이연진 작가의 《내향 육아》를 읽었다. 내향적인 엄마는 개인 시간이 특히 많이 필요하고 중요하다는 사실을 육아서를 통해 알게 됐다. 모성애가 부족하다며 연신 자책했는데 알고 보니 이런 증상은 모성애 부족이 아닌 내향적인 엄마의 특징이었다. 나는 혼자 있는 것만으로 충전되는 시스템을 지닌 사람이었다. 오랜 시간 그런 상황이 주어지지 않으면 방전돼 오작동하기도 한다. 그간의 짜증이나 예민함은 어찌 보면 '이제 쉬어야 할 시간'이라고 몸과 마음이 하는 발악이었다. 고생 많았다고 토닥여 줘도 부족한데 철부지

취급하며 나조차 나를 외면했으니 우울할 만도 하다. 내향적인 엄마는 피치 못하게 '타인'인 아이와 종일 함께하려면 외향적인 엄마보다 스트레스가 클 수밖에 없다고 한다. 본인이 아닌 이상 타인이 맞는데 아이를 타인으로 지칭하면 안 될 것 같아 어쩐지 마음이 불편했다. 엄마는 왠지 그러면 안 될 것 같았다. 사회에서 통용되는 엄마의 이미지는 희생이나 무조건적 사랑, 인내, 포용력의 대명사 같은 느낌이니까. 어느 것이든 부족하다는 자책감에 엄마의 자격을 자꾸만 논하며 스스로를 괴롭히게 된다. 이런 강박 탓에 더 힘들었던 건 아닐까.

내향인은 무엇보다 '가볍고 편안한 마음'을 가꾸는 데 집중해야 한다는 문장에 깊이 공감했다. 외향적인 엄마는 외향적이기에 아이들을 데리고 나가 세상과 소통하는 방식을 편하게 여길 수 있지만 나 같은 경우 그 반대였다. 밖에 나가는 순간 긴장하고 신경 써야 할 부분이 많아져 기만 쪽쪽 빨리는 느낌이었고 아무리 애써봐도 도무지 즐겁지가 않았다.

집에서 정적으로 아이들과 소통할 방법을 찾아야 했다. 편안한 마음을 유지할 수 있을 만한 외부 공간을 탐색해 보는 것도 대안이 될 수 있겠다고 판단했다. 그렇게 집에서는 책 육아에 집중하고 밖에서는 산책과 등산을 즐겨 하게 됐다. 거실 한 면을 책장으로 채우고 다른 한 면에는 미술 도구를 놓아뒀다. 주방에서 식사 준비를 하거나 그릇을 닦기 전 잔잔하게 유튜브 <essential;> 플레이 리스트를 틀어두면 아이들은 책을 읽거나 그림을 그리는 식으로 자신만의 시간을 채워나간다. 같은 공간에 있으면서 셋 모두 각자의 시간을 혼자만의 것처럼 오롯이 즐길 수 있다. 할 일이 끝나고 나면 서이, 단이가 그린 그림에 두 엄지 척 세워 감탄해 주거나 책을 읽어주며 시간을 보낸다.

차분하게 몰입하던 아이들이 신체활동에 갈증을 느낄 때쯤 등산에 나선다. 하나의 목적지를 두고 세 사람이 나란히 산에 오른다. 숲에서는 단이의 조잘조잘 쉴 새 없는 질문 공세도 새소리처럼 평화롭게 느껴진다. 가만히 듣고 충분히 사색하며 답할 여유를 갖는다. 정적이면서도 갑갑하지 않은 활동. 아이들도 좋아하고 엄마에게도 부담이 적은 차선책을 찾았다.

평일에 아이들은 어린이집이나 유치원, 놀이터에서 세상과 충분히 소통하며 지낸다. 그러니 온전히 엄마와만 있는 주말 정도는 속세에서 벗어나 자기 내면을 느긋하게 탐색해 보는 것도 괜찮지 않을까. 새롭고 다양한 체험을 시켜준답시고 억지로 '노오력'하느라 지치고 예민한 모습을 보이기보단 쾌히 나서 할 수 있는 일로 엄마의 편안한 정서를 느끼게 해주는 편이 한편으론 아이들에게 더욱 이로우리라.

어린 시절 나는 '내성적'이라는 단어의 무게에 짓눌려 지냈다. 빠른 생일임에도 학교생활 적응이 걱정된다는 이유로 엄마는 내 입학 시기를 한 해 늦췄다. 늘혼자 놀고 유치원 가기 싫다고 울고 동네 또래들에게 소외당하는 나를 봐온 엄마가 긴긴 고민 끝에 내린 결정이었다. 우리 아이가 내성적이어서 걱정이라고, 그래서 학교를 늦게 보낸다는 말을 원치 않게 엿들을 때마다 겁이 났다. 점점 더 그 문장 안에, 단어 안에 숨어 나오고 싶지 않았다. 1년 뒤 나는 초등학생이 됐다. 엄마의 걱정은 기우였음을 확인해 주기라도 하듯 학교생활에 곧잘 적응해 나갔다. 외향적인 아이로 거듭나려 부단히 노력하며 학창 시절을 보냈다. 내성적인 건 엄마를 걱정시키는 일이니까. 칭찬받기 위해선 활달하고 싹싹해야 했다.

언젠가부터 외향의 반대어로 내향이라는 명사가 보편화됐다. 사회 적응력이 미숙한, 나약하고 자신감 없는 이미지를 연상케 하는 '내성적'이라는 표현을 대체할 순화어가 생긴 셈이다. 비사교적인 그러나 살아가는 데 별지장 없는, 심지어 외향인이 갖지 못한 장점까지 지닌 기질을 스스럼없이 호소할 수 있게 됐다. 그 덕에 내가 엄마로서 할 수 있는 노력도 이전보다 조금 수월해졌다. 어릴 적 내가 느끼던 부담을 아이들이 지지 않도록 주의한다. 나부터 내 성향을 결핍으로 생각하지 않고 그저 다르거나 특별하다고 여긴다. 보이는 것만으로 아이들의 성향을 성급히 재단하지 않고 각각의 기질이 가진 고유의 매력을 요모조모 일러준다. 가능성의 문은 언제나 활짝 열어둔다. 그동안 고이 일궈온 내 가치관과 태도, 취향 등을 기탄없이 드러내며 지낸다. 조용하고 강하게, 나만의 방식대로.

> **TIP**
>
> 성향에 맞는 맞춤 육아 활동을 찾아볼 것.

7

24시 육아 상담 센터

매주 주말 육아서에 도움을 청한다. 토요일과 일요일
은 독박육아의 날. 온종일 아이들과 함께하려면 정신
수양은 필수다. 아이들이 깨기 전 이른 아침 시간을 이
용한다. 미리 마음을 다잡는 데 효과가 제법 좋다. 읽을
때마다 꽂히는 구절이 하나씩은 꼭 있다. 이거 하나만
큼은 꼭 지키자고 약속하며 하루를 단단하게 연다.

처음에는 다소 냉소적이었다. '그렇게 하는 게 좋다
는 건 알지. 근데 그게 쉽냐고.' 갑자기 달라지면 행여

애들이 이상하게 생각하진 않을까. 도저히 오글거려 못하겠어. 해보기도 전부터 걱정만 앞섰다. 결론적으로 보면 아이들은 순수하고 그만큼 단순했다. 엄마의 변화를 알아채더라도 수선 떨거나 비아냥거리지 않았다. 자연스럽게 받아들이고 기쁘게 호응할 뿐이었다. 적극 반기며 더한 애정으로 돌려주기도 했다.

혹시 나한테 무슨 문제라도 있나. 나는 엄마를 하면 안 되는 사람일까. 아이와의 잦은 실랑이로 자책감에 사로잡혀 막막할 때마다 어디가 아픈 사람이 약을 찾 듯 마음이 아픈 나도 육아서를 찾는다. 그러면 여지없 이 처방전 같은 답변이 돌아온다. '아무 문제 없고 그게 당연해. 그러니 걱정 따위 하지 않아도 돼. 지금 그런다 고 아무 도움 안 되니까.' 한껏 감정적인 나를 진정하라 고 타이르며 상황에 맞는 이성적인 해결책을 내준다.

근래 린다 실라바가 쓴《소리지르지 않는 엄마의 우 아한 육아》에서 읽은 문장은 기억에 오래 남았다. 다양 한 문제에 보편적으로 적용되는 단순하고 명확한 진리

여서 그랬던 것 같다. 아이에게 윤리를 설교하면 아이는 윤리를 설교하는 것을 배우고 경고를 하면 경고하는 것을 배우고 욱하면 욱을 배운다는 얘기였다. 아이를 비웃으면 비웃는 것을 배우고 아이의 자존심을 상하게 만들고 굴욕감을 주면 다른 사람의 자존심을 상하게 만들고 굴욕감을 주는 행동을 배운다고. 쉬우면서도 강렬했다. 내가 아무렇지 않게 한 실수가 고스란히 쓰여 있었다. 당연하고 알 만한 얘기인데 미처 생각지 못했던 부분을 짚어주면 곧바로 직시하고 반성하게 된다. 서이가 동생을 타박하고 놀리는 것, 단이가 언니에게 약이 바짝 올라 욱하는 것, 뭔가 부탁하다가 안 되면 협박조가 튀어나오는 것 모두 엄마나 아빠에게 배웠는지도 모른다. 그렇게 생각하니 막중한 책임감에 화가 나기보다 평소 내 행실을 돌아보게 된다.

이후로는 긍정적인 태도를 설교하기보다 직접 보여준다. 다급한 상황에선 괜찮다고 말해주며 안심시키고 말투도 부드럽고 나긋하게 바꿔나간다. 그 밖에도 책 읽기, 눈 감고 음악 음미하기, 정신줄 내려놓고 춤추기,

요리할 때 콧노래를 흥얼거리거나 식물에게 물 주며 잘 자라라고 얘기해 주기, 감사 표현하기 등 아이가 배우면 좋겠다 싶은 게 있으면 그냥 직접 한다.

올해 네 살 된 단이는 '미운 네 살'답게 군다. 무슨 말을 해도 "시려"로 일관하고 시도 때도 없이 바닥에 드러누워 고집을 피운다. 언제 끝날지 모를 울음소리를 듣고 있으면 머리에서 연기가 피어올랐다.

떼쓰고 울부짖는 아이를 무섭게 혼내면 아이가 배우는 것은 엄마의 겁주는 표정, 나무라는 말투, 원망 섞인 눈빛이 되겠지. 그럼 어떻게 반응해야 할까. 오은영 박사는 《못 참는 아이 욱하는 부모》에서 아이들은 혼낼 존재가 아니라 가르쳐야 할 존재라고 말한다. 단호하되 평정심을 유지하고 마음에서 혼낸다는 생각을 지워야 한다는 구체적인 힌트를 이 말에서 얻을 수 있었다. 달래지지 않는 아이는 그저 아무 말 없이 지켜봐 줘야 한다고, 그래야 스스로 진정하는 법을 배울 수 있다고도 적혀 있었다. 실라바의 얘기와 연결 지어 생각해 보니 이해가 더 빨랐다. 아이에게 가르치고 싶은 것은 소리 지르며 화내는 모습이 아니라 감정을 다스리고 인내하며 기다려 주는 부모의 모습이니까. 아이를 진정시키려면 부모가 먼저 진정하면 되는 거다. 오늘 배운 키워드를 연습장에 꾹꾹 눌러 적는다. '감정 조절', '표정 관리', '기다림'.

얼마 전에는 서이가 딸기잼 병을 들고 있다가 떨어뜨려 병이 박살 나며 유리 파편이 여기저기 튀었다. 아이는 당황해 "미안해"라고 했다. "괜찮아? 안 다쳤으면 됐어." 일단 놀란 아이를 안심시켰다. 심장이 벌렁거리고 방금 사 온 딸기잼 가격과 아깝다는 생각이 잠시 스쳤으나 별일 아니라는 듯 태연하게 굴었다. 남편은 아무도 손대지 말라며 묵묵히 유리를 치웠다.

아마 예전 같았으면 그러지 못했을 거다. 가뜩이나 놀란 아이를 다그쳐 놀란 사람 진정시키긴커녕 나무라는 방법을 가르쳐 줬을지도 모른다. 윽박지르며 타박하는 언행을 배우게 했을지도 모르겠다. 하지만 이번엔 달랐다. 누군가 실수하더라도 너그러이 이해하는 마음을 가르쳐 주고 싶었다. 상대 마음을 헤아리는 말을 아이가 배웠으면 했다. 그래서 가르쳐 주고 싶은 대로 보여줬다. 받아들일지 말지는 아이 몫이다.

육아서는 언제든 손 내밀면 도움받을 수 있는 상담 센터 같다. 뒤숭숭한 마음의 원인을 분석해 주고 해결책을 제시해 준다. 작가마다 강조하는 부분도 조언하는 방식도 달라 내게 맞는 선생님을 선택할 수 있다.

점점 영민해지는 아이들을 보며 느낀다. 부모의 변화가 아이를 바꾸고 아이의 변화가 다시 부모에게 돌아온다는 것을. 육아가 수월해지면 가장 큰 수혜자는 엄마 아닐까. 그래서 공부한다. 아이를 위한 것이 곧 나를 위한 것이니까.

TIP
가르쳐 주고 싶은 대로 행할 것.

8 **다정한 엄마 시스템**

아침 루틴인 글쓰기와 독서는 하루 시작을 설레게 했다. 낮았던 자존감은 언제 그랬느냐는 듯 서서히 회복돼 가고 있었다. 침울한 감정도 많이 떨쳐냈다. 우울할 틈도 없이 바쁘게 지냈다고 하는 게 맞겠다. 어렵게 만들어 낸 시간을 고스란히 나만을 위해 쓴다는 사실이 좋았다. 그런데 어딘가 찝찝함이 남아 있었다. 가정에서 주부로서의 역할은 오히려 후퇴하고 있는 듯했기 때문이다. 내 시간을 갖기 위해 온 신경을 쏟다 보니 가족에게 점차 소홀해졌다. 한 가지에 꽂히면 오롯이 하나만 파야 하는 고지식한 성향 때문에 더 그랬으리라.

그즈음 나는 요상한 군대식 말투로 아이들 위에 군림했다. 어지른 물건을 스스로 치우게 하겠다며 수시로 아이들에게 청소 지시를 내렸는데 그 어투가 굳어져 볼썽사나웠다. 잔소리도 줄이고 엄격한 명령조 말투도 바꿔야 했다. 마침 전에 읽은 육아서가 떠올랐다. 하루 한 챕터 정도씩 읽고 그날 읽은 부분을 생활에 적용해 보기로 했다. 책상 위에 관련 서적을 잔뜩 쌓아뒀다. 아동심리학, 자녀 코칭, 대화법, 홈스쿨링 등.

말투에 관한 책이 가장 효과적일 것 같았다. 하나하나 무작정 따라 해봤다. "왜 그랬어" 대신 "그랬구나"라고 말하는 방식으로, "하지 마, 안 돼" 대신 "같이해 볼까"나 에둘러 다른 것을 권유하는 방식으로. 부드럽고 편안한 태도로 친구처럼 아이를 대했다. 처음엔 익숙지 않은 말투가 조금 멋쩍었지만 계속하다 보니 책에 나오는 말투까지는 아니어도 나만의 방식으로 다정함을 표현할 수 있었다. 부족한 말솜씨는 잘 들어주는 것으로 대신했고 궁금하지 않은 것에도 관심을 표했다. 고맙다는 말도 아끼지 않았다. 자주 안아주고 괜스레 머리를 쓰다듬고 눈이 마주칠 적마다 반사적으로 미소 지었다. 수차례 반복한 끝에 겨우 깨달음 하나를 얻었는데 육아조차 다 습관이라는 사실이었다. 아이를 대할 때의 말투, 반응, 태도 하나까지 모두 내 습관이 모여 이뤄진 한 덩어리였다.

비유하자면 일종의 시스템 같았다. 의도적으로 반복해 익숙해진 말투나 태도가 뇌에 입력되면 비슷한 상황에서 그간의 대응이 반사작용처럼 이어지는 듯했다. 적응하는 데 적잖은 시간과 수고가 들긴 했지만 오랜 시간 공들여 천천히 메커니즘을 만들고 실행했다. '다정한 엄마'로 나를 아주 서서히 업그레이드해 나갔다.

하원 후 버스에서 내리는 아이를 보고 싶었다며 안아주기, 함께 걷다가 신호등에 걸리면 쪼그려 앉아 아이와 눈높이를 맞추고 도란거리기(단이는 내 무릎을 의자 삼아 앉는다), 아이가 사랑하는 간식을 주머니에 넣어뒀다가 불현듯 아이의 마스크를 내리고 입에 쏙 넣어주기, 잊을 만하면 "충전"이라고 외치며 아이를 꼭 끌어안고 잠시 가만히 있기, 두 갈래 길이 나오면 어느 길로 갈지 아이에게 묻고 의견이 수용될 기회 만들기 등. 모두 친구처럼 편하게 수다 떨고 달달한 군것질거리 나눠 먹으며 놀이터로 향하는 '하원길 메커니즘'이다. 아이가 뭘 좋아할지 고민해 수시로 업데이트한다.

'비상시 메커니즘'도 만들었다. 지친 엄마 모드일 때 필요한 시스템이다. 좋을 땐 마냥 좋다. 에너지를 몽땅 끌어다 아이에게 환하게 웃어 보이는 데도 쓰고 살가운 말투에도 쓰고 간식 만드는 데도 사용할 수 있으니까. 그러다 얼마 안 가 배터리가 방전된다는 게 문제다. 나는 아이들과 친구가 되고 싶지만 에너지는 그들에 비해 한참 모자라다는 사실부터 받아들여야 했다.

아이의 질문에 적극적으로 응하다가도 엄마는 이제 조용히 있고 싶다고 아이에게 털어놓는다거나(귀도 지친다) 혼자 있고 싶으니 방에 들어가 좀 쉬어야겠다고 솔직한 감정을 전한다. 행여 불안해하거나 하염없이 기다리다가 지칠 아이를 배려해 "시계의 긴바늘이 숫자 몇에 갈 때까지만"이라고 명확한 시간을 정해둔다. 그런 다음 '우리 서이/단이가 좋아하는 OO 먹자' 하는 식으로 작은 포상도 덧붙인다. 아이는 엄마가 쉴 시간이라는 것을 알고 어느 정도를 기다려야 하는지도 인지한다. 그리고 그 기다림을 해냈을 때 돌아올 작은 보상에 마음이 흔연히 기운다. 엄마는 쉴 수 있어 좋고 아이는 기꺼이 기다릴 수 있어 좋고.

이제는 아이가 "충전"을 외치며 와서 안기라고 내게 먼저 두 팔을 뻗는다. 거울인 아이를 통해 내가 달라졌음을 느낀다. 달라진 내 모습을 아이가 닮는다니. 거울인 내가 더 잘할 수밖에 없는 이유다.

TIP

자주 지친다면 육아 시스템부터 점검해 보기.

9

일단 뜨겁게 시작하라

연말 분위기란 참으로 묘하다. 그 밤에 한데 모여 시상식을 보고 종소리를 듣는다. 새해가 됐다는 공식 선언 아래 얼싸안고 축하하며 기쁨을 나누는 사이 '새해'라는 신비로운 주문에 걸린다. 12에서 1로, 어찌 보면 그저 숫자만 바뀐 것뿐인데 열의의 크기가 전날과는 분명 다르다. 분위기 때문인지 몰라도 뭐라도 해볼까, 적극적으로 두리번거리게 된다. 얼마나 갈지 의문인 새해 약발.

마침 다꿈스쿨 프로그램인 '나인해빗'(단어 그대로 '아홉 가지 습관 만들기'라는 뜻의 자기계발 모임)에서 독서 리더를 모집한다는 공지가 떴다. 요즘 좀 해이해졌다 싶어 약간의 강제성을 갖기 위해 참여 중인 모임이었다. 그냥 독서 모임도 부담되고 힘들어 안 갔는데 리더라니. 귀찮기도 하고 나와는 상관없는 일이라 대수롭지 않게 여겼다. 터벅터벅 걸어 욕실로 가 칫솔에 치약을 쭉 짰다. 칫솔을 입에 물고는 거울을 물끄러미 보는데 어쩐지 눈빛이 흔들린다. '아, 왜, 뭐. 양치나 해.' 신경질적으로 이를 닦고 또 닦는다. 벅벅 몇 번을 닦았는지 모르겠다. 입에 가득했던 거품을 퉤하고 뱉는다. 고민 그만. 의미심장하게 거울 속 나와 눈을 맞춘다. '놓치면 찝찝할 것 같아.' 아무래도 신청서를 작성해야겠다는 쪽으로 마음이 기운다. 이럴 땐 피하는 것보다 설사 후회하더라도 해보는 쪽이 결과적으로 늘 나았다. 궁금증이라는 복권의 은박을 긁고 나면 환상이 깨지든 쪽팔림을 당하든 적어도 그 뒤에 뭐가 쓰여 있는진 볼 수 있으니까. 일단 해보고 아니면 그건 그때 가서 생각해도 늦지 않다. 신청만. 그래 일단 신청만 해보는 거야. 안 되면 그만이잖아. 에라 모르겠다.

뭔가 시작할 때 이런 마음으로 무작정 달려든 적이 꽤 있다. 작은 용기의 출처는 '에라, 모르겠다'였다. 누군가에게는 포기나 단념의 감탄사가 내게는 발동을 거는 수단이 돼줬다. 시동 같은 거랄까. 단념을 단념하라고 나 자신에게 보내는 신호였다. 그렇게 일단 결정부터 하고 나면 이후엔 차례대로 다가오는 일정을 마음 비우고 고분고분 따르면 그뿐이었다. 책임감 때문에라도 끌려가듯 하다 보면 신기하게도 어느샌가 하길 잘했네 싶은 순간이 찾아왔다. 링크가 어딨더라. 신청서 양식을 클릭해 작성란을 채워나간다. '되지 마라, 되지 마라, 되지 마라…' 제발 떨어지게 해주십사 빌면서 답변을 적어 제출했다. 그렇게 얼떨결에 나는 나인해빗 시즌 3 독서 리더 모임 멤버가 됐다.

"망했어, 여보." 민망함에 달아오른 얼굴로 남편에게 내뱉은 첫마디였다. 1월은 뭐, 거의 우는 수준이었다.

모임이 끝나고 답답한 마음에 분통이 터져 찔끔 눈물이 날 뻔했다. 그 정도로 긴장을 많이 했다. 부족한 실력이 탄로 나기라도 할까 봐 속으로 전전긍긍, 감당 안 되는 어색함에 웃음으로 어물어물 넘어가려는 시도만 연신 하다 끝났다. 시작 전부터 염려한 '쓸데없이 많이 웃는 이상한 사람'이 결국 또 돼버린 거다. 못할 거 진즉 알았으면서 실망은 왜 하는지. 은연중에 잘할 수 있을 거라 내심 기대했나 보다.

첫 달을 그렇게 제대로 망치고 나니 여러 가지를 배울 수 있었다. 없어도 되긴 하지만 프레젠테이션을 준비해 두면 당황하지 않고 조금 더 수월하게 진행할 수 있다는 것, 반드시 말을 유창하게 하진 않아도 괜찮다는 것 그리고 모임 구성원 얘기를 진중히 듣거나 예리하게 질문을 던지거나 또는 나처럼 헤벌쭉 웃는 특징 따위가 리더의 '스타일'이 될 수 있다는 것. 경험, 자질, 대범함, 뭐 하나 가진 게 없다고 의기소침했던 내겐 더없이 희망적이었다.

헤픈 웃음도, 말하는 속도도, 질문하는 타이밍도 적

절히 조절해 갔다. 프레젠테이션을 제작해 버벅거리는 횟수를 차츰 줄여나갔다. 말을 조리 있게 못하는 대신 참여자들 이야기를 경청했다. 내가 잘하는 공감과 호응으로 부담 없이 편하게 모임을 끌어나가는 데만 집중했다. 어리숙한 모습과 입가 가득 머금은 웃음기는 초면인 멤버들의 긴장을 완화하고 딱딱한 분위기를 풀어나가는 데 적잖이 도움이 됐다.

1월까지만 해도 못하겠다고 그 난리를 치더니 언제 그랬느냐는 듯 익숙해졌다. 여러 번 부딪히고 깨지다 보니 어느 정도 능숙해진 것이다. 긴장해 떠는 증상도 점차 잦아들었다. 처음엔 멀미가 날 듯 불안하고 초조했지만 지금은 어렴풋이 쾌감 비슷한 감정도 느낄 만큼 태연해졌다. 매달 리더 모임 2회와 정규 독서 모임 1회에 참여하며 키운 맷집 덕이었다.

모임 마지막 날이 돼서야 자책 아닌 자축을 할 수 있었다. 여전히 어설프다. 매끄럽게 말하지도 못하고 내용 정리도 안 돼 버벅댄다. 하지만 말하는 두려움은 전에 비해 많이 줄었다. 그리고 지금, 결과야 어떻든 일단 속이

후련하다. 부담감 하나 없이 하루 전날 편안한 마음으로 발제문을 고치는 내가 아직 조금 낯설다. 첫 모임 전에는 잠까지 설쳤을 만큼 겁쟁이였는데. 많이 컸다, 나.

해보지 않은 일에 바짝 졸아 걱정된다면 일단 뛰어드는 것이 반. 나머지 반은 하면서 채워나가면 된다. 막연한 불안감은 말 그대로 막연해서 드는 거니까. 몰라서, 해보지 않아서 생기는 감정이니까. 알고 나니 쉽진 않아도 할 만하다 싶다. 세상일 대부분이 보통 이런 식으로 굴러가지 않을까 싶어 조금 위안이 된다. 겁이 날 땐 작은 것부터 부담 없이. 어쩌다 말도 안 되게 용기가 솟는 날이면 큰 계획을 끄적여 본다. 못하던 것을, 하게끔 만들어 가고 있다.

TIP

할까 말까 고민될 때는 '에라 모르겠다' 하고 일단 뛰어들 것.

10

내가 잘하는 것

종일 나만 찾는 아이들과 끊임없이 이어지는 집안일, 그 외 잡일거리에서 벗어나 홀로 조용히 사색하고 싶을 때가 있다. 엄마, 아내, 딸, 며느리, 동생, 친구, 제수씨, 올케, 조카 등 부여받은 역할이 참 많기도 하다. 각각의 위치에서 괜찮은 평가를 받으려 애쓰다 보면 종종 번 아웃이 온다. 보람을 느끼다가도 이내 회의가 드는 것이다. 뭘 위해, 누굴 위해 사는 건지 모르겠다. 주부와 작가 역할을 병행하며 어느 하나에 집중하기는 매우 힘들다던 백희나 작가의 인터뷰가 떠오른다. 작업이 끝나고 일상으로 복귀할 때면 우울해지기 마련인데 우울 구덩이에 빠지지 않으려 사람도 만나고 운동도 하면서 바지런히 일상을 부여잡는다고 한다. '우울 구덩이'라는 표현이 뭘 의미하는지 겪어봤고 그만큼 잘 알기에 무척 공감됐다.

대부분의 사람에게 일상을 지탱해 주는 각자의 동아줄 같은 것이 있을 것이다. 여가 시간에 하는 취미 활동을 제외하면 대체로 그것은 직업에 의해 자연스레 만들어진다. 이번 업무가 끝나면 다음 업무, 이 프로젝트가 마무리되면 저 프로젝트가 차례대로 기다리고 있다. 직장인들의 이런 반복적인 일상을 우리는 흔히 다람쥐 쳇바퀴 돈다고 다소 냉소적으로 표현하기도 한다. 나 역시 직장 생활 할 때는 그렇게 느꼈다. 하지만 주부가 되고 나니 그런 쳇바퀴마저 없다는 사실에 간혹 황망해진다. 어떻게 달려야 할지조차 잊고 불안하게 두리번거리는 다람쥐가 돼버렸다.

쳇바퀴가 돼줄 만한 것을 찾고 싶어졌다. 그냥 바쁘게 말고 '열정적으로' 바쁘게 지낼 수 있다면 다시 예전의 적극적이던 내 모습으로 돌아갈 수 있지 않을까. 뭘 해볼까 떠올려 보는데 내가 잘하는 게 있긴 있었나 싶은 마음에 서글퍼진다. 좋아하고 잘할 만한 일을 하루빨리 찾아보려 이런저런 일들을 시도해 보기로 했다.

연습장, 펜 몇 자루, 책, 책과 관련한 테스트 용지를 가방에 넣었다. 며칠 전부터 남편에게 시간을 달라 졸랐다. 어디든 가서 이 답답한 마음을 해소하고 들어오겠노라 하고는 저녁 무렵 집을 나섰다. 애들을 잘 부탁한다고 당부하니 걱정 말고 다녀오라는 남편 말에 마음이 홀가분해져 발걸음이 가볍다.

혼자 조용히 오래 있을 곳이 필요해 집 근처 새로 생긴 스터디카페를 찾았다. 처음이다. 여기저기서 하도 스카, 스카 하길래 궁금했는데 드디어 오게 됐다. 키오스크 기계가 생경해 버벅거리고 있으니 막 개업한 사장님이 냉큼 달려 나와 친절하게 도와주신다. 카페에

서 공부하면 그게 스터디고 카페지 스터디카페는 또
뭔가 의아했는데 카페보단 독서실과 더 닮아 보였다.
몇 가지 음료와 스낵을 셀프바에서 이용할 수 있어 '카
페'라는 명칭이 붙었나 보다. 내 보기엔 그냥 독서실인
데. 여하튼 독서실이라니, 이게 얼마 만이야!

스터디 공간으로 들어와 재빨리 시선을 옮겨 앉을
자리를 정하고는 가방을 내려놨다. 학생들은 늦가을
있을 입시 준비를 하는 듯 보였다. 벌써 여름이니 얼마
남지 않았다. 얼마나 마음 졸이고 있을까. 내 자식 바라
보듯 시선이 애틋해진다. 목표가 확고한 이들이 발산
하는 에너지에는 어떤 비장함 같은 것이 감돈다. 잠시
압도돼 그 분위기와 기운을 충분히 누렸다. 없던 열망
도 생겨날 것 같아 들뜬 마음으로 자리에 앉았다.

책을 꺼내 들었다. 《위대한 나의 발견 강점혁명》. 출
력해 온 테스트 용지도 펼친다. 강점테스트는 말 그대
로 자신의 강점이 뭔지 알아보는 테스트다. 본문 내용
은 설문 결과에 대한 안내문 형식으로 돼 있다. 도서 가
격에 테스트 비용이 포함돼 있어 다른 책에 비하면 값

이 조금 사악한 편이다. 갤럽이 개발한 스트렝스 파인 더^{StrengthsFinder} 설문을 통해 본인의 강점 테마 다섯 가지를 파악하고 이를 어떤 식으로 개발해 나갈지 책에서 피드백받을 수 있다.

나의 상위 테마로는 공감, 화합, 절친, 지적사고, 최상화가 나왔다. 주제별 설명을 읽어보니 평소 내 성향과 딱 들어맞아 신기했다. 나는 공감 테마 덕에 다른 사람의 감정을 자기 것처럼 느끼고 이해하는 데 탁월한 사람이라고 쓰여 있었다. 상대의 아픔, 기쁨, 여타 다양하고 복합적인 감정을 금세 알아채고 내 것처럼 여길 수 있다고. 평소 TV에서든 현실에서든 누군가 울고 있으면 이유도 모른 채 따라 우는 나를 유난스럽다 여겼는데 그 이유를 이제야 알 것 같았다. 그리고 이 특성이 강점이 될 수 있다니 흥미로웠다. 지적 활동을 추구하고 늘 함께하는 삶의 일부로 여긴다는 말도 적혀 있다.

핵심 단어를 연습장에 옮겨 적고 의견을 정리해 나갔다. 재미로 하는 심리 테스트처럼 즐거워 시간 가는 줄 모르고 빠져들었다. 의외였다. 이 책을 추천받아 살

때만 해도 이게 뭐 얼마나 도움이 되겠으며 괜히 또 책 값만 날리는 건 아닌지 심드렁했다. 막상 테스트를 하고 결과지를 받아 읽어보니 하길 잘했지 싶다(참고로 이 책은 호불호가 조금 갈린다).

내가 만족할 만한 활동은 뭐가 있는지, 어떤 일을 할 때 유리한지도 판단할 수 있어 유용했다. 상담사, 멘토, 작가, 교육자 등이 언급돼 있었다. 뭐가 좋을까 고심하며 옮겨 적다 한 단어가 눈에 띄었다. 작가.

엇, 직업 목록에 작가가 있다! 평소 좋아하고 즐겨 하던 일이 글쓰기임에도 불구하고 감히 엄두조차 나지 않아 당연하게 단념했던 일이다.

'그래, 시간 내어 짬짬이 글을 쓰면 되겠다.'

키워드를 늘어놓고 마인드맵으로 세부 과제를 적고 나니 매일 해야 할 작은 목표가 정해졌다. 책을 읽고 글을 쓰면 되겠다. 집에서 육아와 충분히 병행할 수 있는 일이라 그런지 더욱 반갑다. 내가 잘하는 게 있었나 하는 의심 섞인 물음의 답을 드디어 찾았다. 나는 잘하는 게 분명 있다. 잠시 내려두고 지냈을 뿐 어디 가지 않고 내 안에 고스란히 남아 있었다. 방향을 정하고 나니 마음이 한결 편안해졌다. 보이지도 않는 길을 손을 뻗어 계속해 더듬어 나아가는 이 시간이 무척 귀하다.

어쩌다 한 번씩 테스트 결과지를 슬쩍 꺼내본다. 나는 잘난 점이 다섯 가지나 되는 사람이라는 걸 의식적으로 되새기려 애쓴다. 그날 스터디카페에서의 세 시간은 내게 3년 치가 넘는 계획과 포부를 안겨줬다. 그깟 테스트지가 뭐라고 그렇게 찬양하느냐고 묻는다면 나의 강점을 알고 있다는 그 자체가 강점이라고 답하고 싶다. 가능성을 보고 나니 동아줄을 찾은 느낌이랄까. 내게도 일상을 견고하게 지탱해 줄 질긴 동기가 다시 생겼다.

TIP
단점 극복보다는 강점 계발에 집중해 보자.

11

멈춰 있지 말고 계속 움직여

책상 앞쪽에 세로로 세워둔 A4 용지엔 버킷 리스트가 적혀 있다. 시야에 자주 걸리게끔 두고 수시로 훑어본다. 두 번째 줄엔 '책 출간'이라는 글자가, 그리고 괄호 안에 '2022년'이라고 쓰여 있다. 마음 가는 대로 끄적이던 글을 제대로 한번 배워보고 싶어 강의 신청을 한 것은 그즈음 해서다. 예전부터 글쓰기 관련 책에 관심을 두고 왕왕 읽긴 했지만 잠시 이해하고 넘기는 수준이었지 뭘 어떻게 해야 할지는 도무지 감이 잡히지 않았다. 일기 같은 글만 줄곧 쓰자니 어딘가 마뜩잖았다. 결국 에세이 한 편을 두 차례 피드백에 걸쳐 완성해 보는 일회성 수업을 시험 삼아 들어보기로 했다. 내 능력이 어느 정도인지, 책을 내는 게 지금 실력으로 소화 가능한 일인지, 너무 욕심은 아닌지부터 알아야 했다. 설사 진즉 포기하는 게 낫겠다고 솔직히 얘기해 준다 해도 차라리 그게 나을 수도 있겠다 싶었다. 마음을 접는다는 건 한편으론 다른 것의 시작을 의미하기도 하니까.

완성한 첫 에세이는 공식처럼 딱딱했다. 내 눈엔 영 별로였지만 어쩐 일인지 긍정적인 평가를 받았다. '글 쓸 때 나쁜 습관이 거의 없어 배우고 받아들이기 유리한 사람'이라는 평을 들었다. 도전해 보길 추천한다고도 했다. 그러고는 '요즘 세상에 글 쓰는 일만으로 먹고 살기는 힘들다'는 서글픈 사실을 전화 상담으로 재차 강조하는 바람에 원치 않아도 뼈저리게 현실을 직시해야만 했다. 그럼에도 불구하고 책은 나를 알리는 명함과 같으니 꾸준히 해보길 권한다는 조언도 덧붙었다.

"여보, 나 글 쓰는 게 좋아. 근데 시간도 걸리고 돈도 안 된대. 내가 좋아하는 일은 다 왜 이럴까. 속상하다."

"어느 정도 예상했잖아. 그래도 좋아하는 일 했으면 좋겠어. 돈은 내가 벌면 되니까 걱정하지 마."

고마움에 말문이 막힌다. 주부가 되고 나서 는 것 세 가지. 잔소리, 혼잣말 그리고 눈치. 남편의 배려가 이젠 익숙해질 만도 한데 자진해 눈칫밥 챙겨 먹는 건 노력으로 어찌 안 되나 보다. 괜스레 자꾸만 신경이 쓰인다. 하지 말란다고 안 할 거냐 묻는다면 그건 또 아니다. 언제나 밥벌이보단 하고 싶은 일을 해야만 직성이 풀리던 나다. 즐겁게 할 수 있는 일인지 아닌지가 일을 선택하는 가장 중요한 기준이었다. 그러나 결혼 후에는 뭔가 시작해 보려 할 때면 가장 먼저 식구들 얼굴이 떠오른다. 지금 내가 하려는 이 선택이 행여 나만을 위한 이기적인 선택은 아닌지 염려된다. 책임감이란 이런 건가. 나 혼자만 생각할 수 없으니 눈치가 는다. 그래도 결국 또 어떻게든 시작하고 그만두고 싶어지기 직전까지 매달릴 걸 알기에 작심하고 한번 해보기로 했다.

어느 날 책장을 뒤지다 다이어리를 몇 권 찾아냈다. 연초마다 표지에 마음을 빼앗겨 샀다가 시큰둥해져 잠시 쓰고는 내던진, 몇 년째 한 번을 꺼내보지 않아 먼지가 켜켜이 쌓인 그것을 무심코 펼쳐 들었다. 깔짝대듯 쓴 짤막한 기록들. 잠시 가슴 위에 살포시 얹고 심호흡했다. 돌아볼 순간들이 충분하길, 부디 페이지가 꽉 채워져 있길 바라며 파라락 넘겨본다. 역시 얼마 되지 않아 헐벗은 흰 종이만 눈에 들어온다. 맨 앞 장으로 돌아가 몇 안 되는 페이지를 아껴가며 찬찬히 읽는다.

청 담그는 재미에 빠져 보르미올리 유리병을 주문한 기록이 있다. 주변 지인들에게 올겨울 차와 함께 따뜻하게 나라며 자몽청을 만들어 보냈다. 잘해보려 고심한 흔적이 남아 있다. 세이브더칠드런 신생아 모자 뜨기 캠페인에 참여하기 위해 뜨개질에 진심이었던 시기도 있다. 해외 결연으로 맺어진 에티오피아 아들 마스지나에게 보낼 영어 편지 샘플도 적혀 있다.

"멈춰 있지 말고 계속 움직여. 부끄럽지도 않니 너는"이라고 쓴 문장도 보인다. 이때의 나는 살림 외엔 아무 일도 하지 않는다는 사실에 굉장히 불안해했다. 잊고 지내던 감정이 되살아나 코끝이 시큰거렸다.

2018년 10월의 기록. 나를 돌보는 일에는 조금 미흡했지만 주변을 챙기며 고운 시선으로 세상에 다가가려 했던 서른셋 최진경의 흔적이 박제한 듯 그대로 남아 있다. 끄적이는 행위가 당시는 하찮게 느껴졌다 한들 지금 내게 이런 감정을 느끼게 해주는 걸 보면 충분히 의미 있고 값진 일임이 분명했다. 앞으로 더 자주 적고 남기리라.

서이가 태어나고 8개월 무렵 육아 종합지원센터로 뮤직아이 수업을 들으러 다녔다. 어느 날 센터에 이용 수기 공모전이 열린다는 내용의 포스터가 붙었다. 소액 상품권을 준다는 얘기에 혹해 장난감 대여 이용 후기를 적어 냈고 입선했다. 내가 할 수 있는 일을 찾는 게 몹시 간절했던 때였다. 상품권이야 얼마짜리든 상관없다던 나는 변덕이 죽 끓어서는 장려상은 10만 원이나 주는데 입선밖에 못해 겨우 3만 원이라며 투덜댔다. 남편은 "그래도 전국구"라며 두 엄지를 추켜세우고 잘했다는 축하를 건넸다. 그런데 상품권보다는 그 이후 열린 시상식이 내게 기대에도 없던 작은 희망을 불어넣어 줬다.

센터를 이용하는 엄마들이 몇몇 모여 지켜보는 가운데 강당 안 조촐한 무대에 박수를 받으며 올랐다. 상장을 받고 센터장과 악수하는 모습을 직원이 연신 카메라로 찍어대는데 잠시 내가 뭐라도 된 양 어깨가 펴지고 고개가 절로 치켜들어졌다. 시상식이 끝나고 2층 사무실로 올라가 인터뷰 영상까지 어버버 찍고 나서야 모든 절차가 마무리됐다. "돌도 안 된 아이 키우는 엄마가 어디서 시간이 나서 글을 썼느냐"고 묻는 센터장님 앞에서 겸연쩍어 몸 둘 바를 몰랐다. 어색하게 입꼬리를 들어 올리고는 수줍은 듯 고개를 숙이며 감사 인사를 전했다. 그러고는 복도를 총총 걸어, 아니 날아갔다.

그날 밤 방정맞게 환희의 이불킥(입선자의 세리머니라고 하기엔 과한)을 몇 번씩이나 하고는 기분 좋게 단잠에 빠졌다. "멈춰 있지 말고 계속 움직여. 부끄럽지도 않니 너는"이라고 적어둔 지 얼마 되지 않아 일어난 귀여운 해프닝이었다. 비록 자그마한 상이지만 마음을 원대하게 품게 해준 고마운 경험이다.

용기를 북돋워 주고 계기를 불러일으킬 만한 모든 사소한 사건을 귀히 여기기로 했다. 어떤 식으로 물꼬가 트여 시작이나 전환점이 될지 당시에는 알 도리가 없어도 결과를 만들어 낼 힘은 항시 지니고 있으니까. 몇 년이 지나 돌이켜 봤을 때, 그때 그러길 참 잘했다고 여길 만한 일들을 힘내어 더 늘려보기로 했다. 지금 쓰고 있는 이 글도 그렇게 시작됐다.

> **TIP**
>
> 밑져야 본전. 경험이니 뭐든 한번 시도해 보자.

12

돈에 밝은 사람

결혼 7년 차. 전세살이만 하다 보니 나도 내 집이 갖고 싶다. 해마다 오르는 보증금은 어떻게든 마련한다 해도 부수적으로 딸려오는 문제는 피해 갈 수 없었다. 결혼하는 아들이 들어와 살아야 하니 나가줬으면 좋겠다든가, 못 하나 박을 때마다 앞에 있지도 않은 주인 얼굴을 떠올리며 눈치를 봐야 하는 심정이라든가, 에어컨 실외기를 바깥에 달면 보기 흉하니 베란다에 놓고 쓰라든가 하는 얘기를 군말 없이 따라야 하는 자잘한 일들 말이다. 실제로 한여름 내내 베란다에서 빨래를 널다 보면 실외기가 내뿜는 열과 뜨거운 바람에 현기증이 다 날 지경이었다. 원망과 한탄의 알파벳 A와 C를 슬며시 뱉으며 '아, 이게 전세살이 설움이구나'를 절절히 느꼈다. 지금은 내 사랑 건조기가 있어 얼마나 다행인지 모른다.

초등학생 이후로는 딱히 풍족했던 시기가 없었기에 절약이라면 자신 있었다. 직장에 다닐 때도 급여 액수에 크게 연연하진 않았다. 주변에서 얼마를 벌든 모으는 금액만 크게 차이 나지 않으면 괜찮다고 여길 정도로 조금 어리석고 단순한 면이 있었다. 절약은 생각이 많아지면 실패한다. 이것도 저것도 자꾸만 하고 싶고 주변과 비교하기 시작하면 그때부턴 답이 없다. 그저 일하고 벌고 없는 셈 치고 어딘가 많이 뚝 떼어놓고 남는 돈으로 생활하면 그뿐이다. 점심은 도시락을 싸 가거나 편의점에서 간단히 때웠다. 커피는 커피믹스로, 옷은 구제가게 중고로, 어쩌다 이모가 아파트 단지 앞에 나왔다며 갖다주는, 멀쩡하지만 버려진 가방이나 소품만으로도 충분했다. 워낙 익숙해서 불편한 줄도 모르고 지냈다. 그냥 그런가 보다 하고 살다 보니 어느새 결혼 자금이라 할 수 있을 만큼 제법 큰돈이 모였고 그렇게 결혼할 수 있었다.

신혼 때까지만 해도 늘 해오던 대로 아끼고 모으면 되니 크게 걱정하지 않았다. 그런데 서이가 태어나고 둘째 단이까지 생기자 점차 생각이 바뀌어 갔다. 내 집을 갖고 싶었다. 전셋집이 아닌 '내돈내산' 내 집을. 아이들 방을 만들어 주고 싶은 마음이 컸고 주변에서 들려오는 사교육비 얘기에 혼란스럽기도 했다. 애들 학교 들어가기 전까지가 돈을 모을 수 있는 최적기라고 했다. 이후로는 한 달 벌어 한 달 사는 '한 달 살이'가 시작된다고. 적자라도 안 나면 다행이라는 주변 사람들 말에 슬슬 겁이 났다. 모으는 것만으론 안 되겠다 싶었다. 그런데 막상 뭔가 해보려 마음먹고 나니 지금 상황에서 뭘 할 수 있을지 그저 막막하기만 했다.

그즈음 로버트 기요사키의 《부자 아빠 가난한 아빠》를 읽었다. 어렴풋한 기억으론 내가 중학생 때쯤 엄마가 동창에게 받았다며 거실 책장에 꽂아둬 일찍부터 집에 있던 책이다. 선물한 동창분이 좋은 책이니 꼭 한 번 읽어보라고 했다는 얘기는 전해 들었지만 가족 누구도 들춰보지 않았다. 책이 반드시 필요한 어렵고 가난한 사람들은 오히려 책을 손에도 대지 않더라는 어느 책 구절이 떠오른다. 이제야 비로소 우리 집 얘기였구나 싶다. 《부자 아빠 가난한 아빠》는 내가 읽은 자기계발서마다 추천서로 언급돼 있었던 터라 궁금해 읽지 않을 수 없었다. 실제로 내가 돈에 가진 막연한 거부감을 없애는 데 이 책이 큰 역할을 해줬다. 그 뒤로 재테크, 부동산, 주식 등 경제 관련 분야에 마음을 열기 시작했다.

책, 유튜브, 강의를 거쳐 소모임에도 참여했다. 특히 잘못된 경제관념을 바로잡아 주는 책 내용이 가장 와닿았다. 현재 내 사정을 객관적인 시각으로 볼 수 있어 좋았다. 그저 돈이 없다, 전세살이가 힘들다 같은 불안한 감정을 한 발 물러나 바라봤다. 그래서 앞으로 어떻게 할지, 방법은 있는지 현실적으로 묻고 따져나갔다. 나와 같은 처지에서 놀라울 정도로 상황이 나아진 사람들의 경험담이 솔깃할 수밖에 없었다. 나도 그렇게 어렵게 시작했으니 너도 할 수 있다고, 늦었다고 생각지 말고 이제부터라도 하나씩 바꿔나가 보라고 희망적인 얘기를 건넸다.

관련 도서를 꾸준히 읽다 보니 모르는 단어가 줄어들었고 점차 읽기 수월해졌다. 그리고 마치 공식처럼 각각의 책 내용이 모두 하나의 이야기인 듯 이어져 신기했다. 거짓이거나 잘못된 정보라면 그럴 수 없었다. 그 많은 저자들이, 그것도 우리가 흔히 성공이라 일컫는 대단한 일을 해낸 사람들이 모두 같은 얘기를 하는 데는 분명 그럴 만한 이유가 있으리라 생각했다. 조금씩 확신이 쌓여갔다. 그렇게 강의도 듣게 됐다.

읽었던 책 저자의 블로그를 일일이 찾아가 이웃을 맺고 새 글 알림을 설정해 뒀다. 특히 가장 관심 있게 보는 집 마련 얘기는 알림이 뜰 때마다 열 일 제쳐두고 들어가 꼼꼼히 읽고 모르는 것은 댓글로 질문해 확인했다.

　돈 얘기를 하면 돈 밝히는 사람으로 간주되는 사회에서 나는 '돈에 밝은 사람'이 되기로 했다. '돈돈' 거리며 살고 싶지 않아 피하기만 했더니 달라지는 것 하나 없이 점점 더 '돈돈' 거리며 지내게 돼 싫었다. 통장 쪼개기부터 시작해 아끼고 모은 종잣돈을 부동산 소액 투자, 미국 주식 소수점 투자, 공모주 청약 등 시도해볼 수 있는 다양한 방식으로 조금씩 불려나가기 시작했다. 생전 몰랐던 분야를 공부하고 경험해 나가는 과정이 어렵게 느껴지기도 하지만 제법 흥미롭다.

　고등학생 때 미대에 가겠다고 결심하고 엄마에게 미술학원에 보내달라고 얘기했던 기억이 난다. 눈치가 몹시 보였다. 가정 형편을 뻔히 아는데 모른 척 도와달라 할 수밖에 없는 어린 내 나이가 한탄스러웠다. 무작정 학원에 찾아가 원비를 깎아달라 울며 사정했다. 옆에서 지켜보던 엄마 심정은 오죽했을까. 돈이 없으면 언제고 이런 불편한 일을 다시 겪어야 할지도 모른다.

또는 아예 단념해야 할 수도 있다. 내 아이는 부디 그러지 않기를. 더 넓은 세상에 나아가려 시도하는 설레고 기뻐야 마땅한 순간에 돈 때문에 주저하지 않기를 간절히 바란다.

꼭 경제적인 것이 아닐지라도 뭐든지 노력을 통해 나아지고 이뤄가는 과정을 보여줄 수 있다면 그게 산교육 아닐까 싶다. 아이가 더 좋은 환경에서 지내게 해주는 것 또한 엄마인 내 책임 중 하나라고 생각한다.

엄마 아빠가 비록 넉넉하게 결혼하진 못했지만 앞으로 그렇게 되게 만들 거라고 확신에 찬 어조로 얘기한다. 아직 네가 모르는 흥미진진한 일들이 세상엔 차고 넘친다고. 그거 다 해가며 우리 신나게 지내자고 의욕을 북돋운다. 기대에 찬 아이들 눈빛이 계속해서 나를 배우게 하고 움직이게 한다.

TIP
현실을 직시하고 해결 방안을 찾아 볼 것.

13 언제든 미라클만

아침형 인간이 되라는 말을 주변에서 자주 들었다. 권하는 이유야 익히 들어 알지만 자꾸 들으니 괜스레 거부감이 든다. 하려고 하는데 자꾸 하라고 하면 하기 싫어지는 게 인지상정 아닌가. 그러다 문득 궁금해졌다. 흔히들 얘기하는 '미라클 모닝'에는 어째서 '미라클'이 붙는 걸까.

매일 새벽에 일어났을 뿐인데 삶이 몰라보게 달라졌

다는 이들의 책을 읽었다. 일찍 일어나 혼자만의 시간을 갖는 사람들. 그 시간만큼은 자신이 가장 중요하게 여기는 활동을 한다고 했다. 요가, 명상, 독서, 차 한 잔, 산책 등 취향별로 다양했다. 한 가지 흥미로운 점은 어제 미처 끝내지 못한 일이나 오늘 할 일을 미리 하지 않는다는 것이었다. 그건 출근해서 잘해내면 되니까 그렇게 할 수 있도록 몸과 마음을 충전하는 데 시간을 쓴다고 했다. 변화는 예상보다 놀라웠다. 그들은 일찍 일어나 성공하게 됐을까, 아니면 성공하다 보니 바빠져 새벽 시간까지 이용하게 됐을까.

책은 독자에게 묻는다. 자기계발을 위한 여분의 시간이 생긴다는 것 자체가 불가능하다고 생각되지 않으냐고. 정말 그랬다. 주부인 나조차도 그랬다. 당시는 서이가 두 돌도 채 되지 않아 원에 다니기 전이었으니 그럴 만도 했다. 출퇴근 시간이랄 게 딱히 정해져 있지 않았다. 개인 시간을 가지려면 내 의지만으론 안 되고 반드시 조건이 성립돼야 했다. 남편이 퇴근한 후, 아이가 낮잠에 든 후 혹은 모두가 밤잠에 든 후. 그것도 나를 대신해 아이를 돌봐줄 그분의 쿨한 허락 아래서만. 애 키우는 엄마가 자기계발은 무슨. 한숨만 났다.

미라클 모닝은 어찌 보면 별다른 조건이랄 게 없었다. 의지만으로 가능한 일이었다. 그런데 가장 큰 문제는 그 의지가 내겐 없다는 사실이었다. 나서볼 엄두조차 나지 않았다. 서이는 늘 늦게 잠들었고 그러니 엄마인 나 또한 묵묵히 정해진 패턴을 따를 수밖에 없었다. 늦게 자고 일찍 일어난다니 생각만으로도 피곤했다.

그래서일까, 당시에는 '미라클 미드나잇'을 제안하는 책에 더 끌렸다. 가족이 모두 잠든 12시 이후부터 허락되는 개인 시간을 유용하게 써볼 것. 어린아이가 있는 나 같은 처지에 더 끌릴 수밖에 없는 조건이었다. 자신만의 고요한 시간을 마련하는 것은 중요하지만 그 시각이 언제냐는 부차적인 문제일 뿐이라는 문장에 금세 동요됐다. 마치 내 입장을 다 알고 헤아려 주는 듯했다.

저자의 조언대로 언제가 됐건 현재 상황에 잘 맞는 시간을 찾는 게 먼저였다. 모유 수유 끊고 밤잠이 길어진 서이 덕에 대략 밤 12시 이후부터 다음 날 아침까지 온전한 내 시간이 생겼다. 오랜만에 허락된 시간을 원 없이 자유로이 누리고 싶었다. 미라클 모닝 또는 미드나잇에. 둘 중 언제가 나을지 고민됐다.

미라클 '모닝'은 알람을 맞추고 자야 한다. 행여 알람 소리에 서이가 같이 깨기라도 하는 날엔 하루 중 유일한 내 시간을 날려버릴지도 모른다. 괜히 푹 자려던 아이를 긁어 부스럼 만드는 꼴이다. 굳이 욕심부려 무리하다가 금세 포기하고 싶지 않았다. 익숙한 패턴을 보완해 끈질기게 해내는 편이 낫지 않을까. 역시 미라클 미드나잇 쪽이 더 끌린다. 아침잠이 유독 많고 밤이면 오히려 정신이 또렷해지는 내게 부담이 적은 선택지였다. 서이도 잠에 깊숙이 빠져들 무렵이라 깨어나 엄마를 찾을 가능성도 적었다. 미드나잇 승.

늦은 밤 종일 하고 싶어 미뤄뒀던 일을 하나둘 해치우다 보면 어떤 땐 아침까지 깨어 있기도 했다. 마음가짐의 변화로 맞는 새벽이 상쾌했다. 처음엔 남들 일어날 시간에 반대로 잠을 청하는 게 좀 찜찜했다. 하지만 계속해 보기로 했다. 졸리면 아이 낮잠 잘 시간에 같이 자도 된다고 생각하고 마음 편히 혼자만의 시간을 보냈다. 꼭 언제 자야 한다는 강박에서 벗어나니 점점 더 유연하게 조절할 수 있었다. 아이가 자지 않고 늦게까지 깨 있으면 책도 읽어주고 이야기도 나누다 함께 잠을 청했다. 대신 알람을 거실에 맞춰뒀다. 잠귀 밝은 나만 들을 수 있도록. 늦게 자는 만큼 늦게 일어나는 아이 덕분에 미라클 모닝을 만들 기회라고 여겼다. 어쩌다 드물게 밤 9시도 되기 전에 서이가 잠들면 남은 시간 동안 마음껏 '혼밤'을 누렸다. 굳이 누군가의 기준에 맞출 필요도, 집착할 이유도 없었다. 나만의 원칙을 만들어 상황에 따라 유연하게 오가면 되는 거였다. 매사 자신감 없이 축 처져 지내던 내게 줏대가 생겼다. 내 뜻대로, 내 방식대로 뭐든 시도할 수 있었다.

요즘은 여섯 시간 수면 시간을 확보하고 잠들기 전과 이른 아침을 적절히 나눠 쓰고 있다. 오랜 기간 시도해 보고 내린 결론이다. 나는 잠을 줄이기 힘든 사람이고 서이, 단이는 아빠가 퇴근한 뒤 늦게까지 함께 노는 것을 좋아한다. 그런 아이들과 여섯 시간 이상 푹 자야 능률이 오르는 나 그대로를 인정하기로 했다.

10시 전에 자면 일찍 눈이 떠진다. 새벽 기상의 모범 답안이다. 하지만 우리 집 10시는 초저녁이다. 모두가 왕성한 활동을 원하는 시간. 아이들은 퇴근한 아빠에게 낮 동안 하지 못한 얘기를 들려주고 재롱을 떠느라 난리다. 남편은 늦은 저녁을 먹고 시원한 맥주 한잔하려 벼르는 골든타임이기도 하고. 그런 그와 마주 앉아 혹시 맥주에 치킨이 필요하진 않은지 바람 넣는 게 내 역할이다. 이 화기애애한 시간을 어찌 포기할 수 있을까.

나는 자기계발에 진심이다. 하지만 내가 잘되려는 이유는 나 말고도 많다. 가족과의 시간, 그 시간에서 만들어지는 친밀감, 친밀감에서 오는 건강한 정서, 잘 먹고 잘 살아야 할 이유, 삶의 의미. 이런 것들이 부재해도 내가 과연 진정으로 열심일 수 있을까.

그 사이 아이들이 커서 원에 다니게 되고 내게는 무려 다섯 시간이 더 생겼다. 상황이 허락지 않음에도 악착같이 시간을 관리하던 시기, 나는 무척 열성적으로 지냈다. 돌이켜 보면 가족 성향이나 생활 방식, 시기에 상관없이 어떻게든 내 시간을 챙기려는 의지만 있다면 시간을 만들 수 있었다. 좋지 않은 상황도 노력으로 바꿀 수 있다는 걸 이젠 알겠다. 자연스러운 게 가장 좋다는 사실도. 행여 마음 동하지 않는 것을 억지로 바꾸려고 하거나 욕심내려 할 때마다 남편과의 혹은 아이들과의 관계가 삐걱거리기 일쑤였다. 더는 그런 일이 생기길 바라지 않는다.

성공으로 가는 '베스트 웨이'가 아니어도 괜찮다. 어떤 타이틀이 아니라 어떤 '사람'이 되겠다는 사명으로 조화롭게, 나답게 가려 한다.

TIP
나만의 미라클 타임을 찾을 것.

14 플랜 B는 선택 아닌 필수

요즘 자기계발하는 주부들 사이에선 3P 바인더 쓰기가 한창 유행인 듯하다. 시간 관리를 전문으로 해준다는 데 대강 설명만 들어도 차마 배울 엄두가 나질 않았다. 집에 굴러다니는 다이어리도 안 쓰는데 바인더를 잘 쓸 리 만무했다. 연초에 고심해 다이어리를 고르던 그 마음가짐은 어디 갔을까. 반짝 정성 들여 쓰다 반년도 안 돼 집어던지기 일쑤였다. 어디선가 불현듯 열정과 에너지가 솟아나 심혈을 기울여 계획과 목표를 적기도 했지만 그때뿐이었다. 1년 내내 꾸준히 이어나가기엔 내 변덕스러운 인내심이 그리 오래 기다려 주지 않았다. 실행은커녕 플래너를 매일 쓰는 행위 자체도 부담스러워졌다. 굳이 남들 따라가려다 가랑이 찢어지지 말고 의지력 약한 나의 성향에 맞게 방식을 쉽게 바꿔보기로 마음먹었다. 대충 써도 무리 없이 시간을 관리할 수 있도록 나만의 시스템을 만들어 보기로 한 거다.

최소한의 시간과 노력을 들이되 효율까지 챙기려면 일단 간단해야 했다. 연습장을 펼치고 원하는 방식대로 일정표 양식을 끄적끄적 그려본다. 스물네 칸으로 일정하게 나눈 띠그래프 시간표다. 24시간 중 흩어져 있는 시간이 얼마나 되는지 확인할 수 있도록 여분 시간 칸에 색을 입혔다. 띄엄띄엄 있을 때는 인식 못한 채 증발해 버렸던 시간이 어림잡아 무려 여섯 시간이나 됐다. 왜 맨날 시간이 없다고 불평했을까. 이렇게나 많이, 매일 허비되고 있었는데. 이 값진 시간을 오롯이 나를 위해 쓰기 위한 준비가 필요했다. 흩어져 있는 여분 시간을 크게 세 그룹으로 나누고 각각 1, 2, 3이라 이름 붙였다. 그리고 그룹마다 할 일 목록을 적었다. 아침 시간인 1그룹에는 물 한 컵 마시기, 모닝페이지 쓰기. 아이들을 등원시킨 후인 2그룹에는 걷기, 계단 오르기, 글쓰기, 독서, 비타민과 샐러드 챙겨 먹기. 아이를 재우고 난 밤 시간인 3그룹에는 SNS와 돈 공부하기.

주로 12시쯤 잠들고 6시에 일어나 정해놓은 루틴대로 아침 일기를 쓰고 책을 몇 장 읽었다. 그리고 글을 썼다. 무리한 일정을 소화한 다음 날은 알람을 못 듣고 늦게 일어나 남편에게 내 알람 당신이 껐느냐고 횡설수설 묻기도 했다. 이런 날은 오늘 하루는 이미 망했다고 여기며 실패감에 젖어 남은 하루도 건성으로 지냈다. 아이들을 일찍 재우고 밤늦게까지 뭔가를 열정적으로 잘해놓고는 다음 날 늦게 일어나 패턴이 깨졌다는 둥 허무감에 사로잡히기도 했다.

특히 어린아이를 키우는 주부라면 계획이 암만 철저하다 한들 상황이 뜻대로 되지 않아 못 지키는 경우가 부지기수다.

서이와 단이는 때때로 초저녁쯤 잠을 잤다. 낮잠이라고 볼 수 없는 늦은 저녁잠이다. 그런 날은 밤늦게까지 눈이 말똥말똥해 재우기가 여간 힘든 게 아니었다. 그러니 매번 10시 이후로 계획을 세워놓고도 물거품이 될 적이 잦았다. 어느 날은 반항하는 눈꺼풀을 기껏 힘들게 추켜올려 새벽 5시쯤 일어났는데 엄마 머리카락에 집착하는 단이가 난데없이 깨서는 머리칼을 휘어잡고 놔주지 않았다. 빼려고 고개를 슬그머니 당겼더니 악을 쓰며 운다. 결국 순순히 머리칼을 내주고 누워 있다가 다시 잠이 들고 말았다.

아이들 낮잠 시간에 하려 했던 일은 잘 생각이 없는 아이와 놀아주다 보면 어느새 잊힌다. 일주일 목표를 적어놓으면 멀쩡하던 두 녀석이 느닷없이 감기에 걸려 원에 못 가게 된다. 엄마 껌딱지로 들러붙는 아이가 안쓰러워 둥개둥개 비위 맞춰주고 물수건 올려주며 지내다 보면 일주일이 훌쩍 가버린다. 일찍 와서 애들 봐주겠다던 신랑은 본사 긴급 회의에 엉겁결에 불려 간다는 문자만 남기고 소식이 끊기기도 한다.

상황은 늘 변하는데 계획은 고정적이니 지키지 못할 때마다 자괴감이 들었다. 뭔가 해보려 호기롭게 시작한 일들은 번번이 좌절로 돌아왔다. 잘해보려는 결심이 외려 강박이 돼 또 다른 스트레스를 낳고 있었다.

그럴 때마다 맥없이 주저앉거나 한숨만 쉰다면 그나마 남은 희미한 열정마저 꺼져버릴지도 모른다. 그래서 타임트래커를 쓰기 전 분명히 인지하기로 했다.

'내 시간은 대개 내 뜻대로 되지 않아. 이제껏 겪어왔으니 잘 알지? 기대하지도 실망하지도 말자.'

이런 사실을 염두에 두기 전에는 무리하게 시간 관리를 하려다 지키지 못했을 때의 원망감이 애꿎은 가족에게 향했다. 계획은 계획일 뿐 사정이 생겨 틀어지더라도 다음 기회에 얼마든지 이어나갈 수 있다 여기니 마음이 편해졌다. 몇 시부터 몇 시까지든 여섯 시간 취침을 기준으로 트래커를 작성해 보기로 했다. 한번 해보고 그대로도 괜찮으면 유지, 더 욕심나면 자는 시간을 차차 줄이기로.

연습장에 그렸던 양식과 비슷한 제품을 찾던 중 스터디 플래너 형식으로 나온 '페이퍼리안'의 타임 트래커 제품을 알게 됐다. 가격도 저렴하고 스프링 제본으로 하루 한 장씩 넘겨 쓸 수 있어 무척 편리하다.

일정을 작게 쪼개 우선순위 몇 가지만 유지해 가기로 했다. 루틴 기록은 주부에겐 업무일지와도 같다. 월요일마다 주간 목표를 적고 그 주에 매일 해야 할 세부 목록을 정해둔다. 화요일부터 주말까지는 굳이 목록을 다시 적을 필요가 없다. 월요일에 써둔 것을 지켰는지 못 지켰는지 체크만 하면 되니 크게 부담이 없다.

어쩌다 장기 목표를 진행하느라 매일 비슷한 일정을 소화해야 할 때는 머릿속에 이미 하루 패턴이 그림처럼 그려져 굳이 적지 않아도 됐다. 목표 내에서 적당한 자유를 허용하고 부담 없는 작은 계획을 지키고 늘려가기 시작했다. 쳇바퀴가 생기고 나니 기복이 많이 줄었다.

또 하나, 기록하는 습관이 들지 않으면 어딘가에서 타임 트래커를 꺼내 펼치는 것조차 번거로울 수 있겠다 싶었다. 그래서 하루 중 가장 많은 시간 앉아 있는 컴퓨터 책상 모니터 바로 옆에 독서대를 펼치고 타임 트래커를 올려둔다. 하루 한 번이라도 보지 않을 수 없는 자리에 눈에 잘 띄게 놓아두는 것이다. 흘끗 보기만 해도 "나다! 나 여깄다!" 하고 외치는 듯 존재감 뿜뿜이라 쓰지 않을 수가 없다. 손만 뻗으면 바로 적을 수 있으니 한결 수월하게 써진다. 준비 과정을 생략할 수 있게끔 세팅만 해두면 그다음은 알아서 하게 된다.

주부라면 그때그때 플랜 B를 선택할 수 있는 유연함이 필요하다. 세워놓은 원칙에 크게 연연하지 않으니 오히려 쉽게 좌절하거나 중도 포기하지 않을 수 있었다. 전체적인 방향만 어긋나지 않는다면 언제가 됐든 '소신껏' 한다는 데 의의를 둔다. 셀프로 '우쭈쭈'하며 내 자존감 누가 뭐라든 내가 지켜주는 거다.

새벽 2시. 조금만 더, 조금만 더 하다가 동틀 때까지 책에 푹 빠져 있었다. 헤어 나오지 못하고 있다가 아침이 돼서야 책장을 덮는다. '너 오늘 제대로 탄력받

앗구나. 늦잠 잘 자격 충분해.' 알람을 꺼두고 흐뭇하게 잠을 청한다.

> **TIP**
>
> 원칙만 지나치게 고집하지 말고 소신껏 유연하게 임할 것.

놀면 뭐 하니

보통은 주말에 쉬지 않는 남편의 직업적 특성 탓에 내
겐 주말이 평일이고 아이들이 원에 가는 평일이 주말
이나 다름없다. 그래서인지 금요일 저녁쯤 되면 월요
병처럼 토요병이 찾아온다. 무력한 몸뚱이와 풀린 눈
을 어찌하면 좋을까. 일요일 육퇴 후 맞는 꿀맛 같은 밤
을 위해 이틀간 마음 비우고 육아에 전념하기로 한다.
남은 에너지 하얗게 불태우고 불금 같은 '불일'을 보내
리라.

토요일 오전. 느지막이 일어나 아침 준비를 한다. 식욕이 남다른 단이. 밥 푸기도 전에 식탁으로 쪼르르 달려와 의자에 앉아 밥 달라 조르는 모습이 꼭 둥지에서 있는 힘껏 입 벌리고 짹짹거리는 참새 같다. 반면 식욕은 엄마 배 속에 모조리 두고 태어난 듯한 서이는 밥을 다 차리고 나서도 먹어라 먹어라 몇 번씩 노래를 불러야 겨우 식탁에 앉는다. 세월아 네월아 밥알을 하나하나 세면서 먹나 속이 터져나갈 무렵 그제야 다 먹고 난 그릇을 미적미적 싱크대로 가져온다. 남기지 않고 잘 먹어 예쁘다고 머리를 부드럽게 쓰다듬어 주니 상으로 간식을 달라고 조른다. 밥을 다 먹는 게 이리도 칭찬받을 일이라니. 너네는 좋겠다. 빨래를 세탁기에 돌려두고 찬장에서 주섬주섬 간식을 꺼낸다. 초콜릿이 입혀진 빵과 우유를 내주니 식욕을 두고 태어난 것이 아님을 확인해 주기라도 하듯 게걸스럽게 먹어치운다. '밥을 저렇게 먹어주면 오죽 좋을까.' 그릇을 한데 모아 설거지하고는 같이 놀자는 아이들 성화에 딱지치기도 하고 책도 읽어주고 쎄쎄쎄도 한다. 그렇게 놀다 보니 금세 점심시간이다. '응? 벌써?' 아침이 늦어지는 날은 영 헷갈린다. 방금 먹은 게 아침인지 아점인지, 점심을 차려야 하는지 안 차려도 되는지. 한창 잘 먹어야 할 시기에 세끼는 꼭 챙겨줘야 하지 않나 하는 압박감에 시달리다 결국 냉장고를 털어 뚝딱 파스타를 만든다. 배 통통 두드리는 아이들 모습을 보니 그제야 마음이 홀가분하니 좋다.

슬슬 지겨워하는 두 녀석을 데리고 단지 앞 놀이터로 향한다. 누굴 닮았는지 와일드한 딸들. 미끄럼틀 하나도 평범하게 타지 않는다. 아래서 위로 올라가려 신발과 양말 모두 벗어젖힌다. 그래야 발이 미끄러지지 않고 뽀득뽀득 잘 올라가진다는 것을 안 후로 위에서 아래로 타는 '정석'엔 흥미를 잃은 듯했다. 맨발로 짚고 안간힘을 쓰며 미끄럼틀을 거슬러 오른다. 연어야 뭐야. 서이 행동이라면 뭐든 따라 하는 단이도 어느새 맨발로 모래를 종종거리며 밟고 뛰어다닌다. 행여 뾰족한 뭔가에 다치기라도 하면 어쩌나 걱정돼 "단이야, 양말 신고 와" 하니 "시려!" 하고는 고개를 홱 돌린다. 저

발음도 잘 안 되는 쪼꼬미가 이제 조금 컸다고 벌써부터 엄마 약을 바짝 올린다. 단이만 두고 언니랑 먼저 집에 가야겠다는 둥 개미한테 와서 단이 발 좀 꽉 깨물라고 해야겠다는 둥 협박에 협박을 거듭해 양말과 신발을 신기는 데 겨우 성공했다. 그러고 1분이나 지났을까. 바닥에 철퍼덕 앉더니 모래놀이를 시작한다. 옷이며 손이며 얼굴까지 다 묻은 모래를 어찌해야 할까 넋놓고 바라보다 단념하고 될 대로 되라지 내버려 둔다. 그렇게 30분 정도 더 영혼까지 탈탈 털어 놓고 나서야 겨우 집으로 돌아간다. 현관에서 신발을 벗는 순간 차르륵 쏟아지는 모래. 아이들은 잠을 새도 없이 집으로 뛰쳐 들어가 방방 뛰고 난리가 났다.

'하… 나는 고행 중이다. 이건 공짜로 받는 수행이다. 고로 나는 감사하다. 감사해 죽겠다. 이러다 죽겠다…'

어금니를 악물고 혼잣말을 하며 번잡한 마음을 진정시킨다. 두 녀석을 번쩍 들어 끙끙대며 욕조로 옮긴다. 벗기고 씻기고 물기 닦아 로션까지 슥슥 발라 옷을 입힌다. 꼬질꼬질하던 모습은 온데간데없이 언제 그랬느냐는 듯 금세 반짝거리는 아이들 모습이 곱다. 체력이 달려 버겁긴 하지만 해내고 나니 땀은 범벅이어도 기분은 개운하다. 이른 저녁을 차려 먹이고 간식을 챙기고 다시 주방을 치운다. 예상대로 서이와 단이에게 온종일 맥없이 끌려다녔다. 문득 예전에 친정 아빠가 했던 말이 떠오른다. "아니, 소, 말, 돼지 새끼들은 태어나면 며칠도 안 돼 혼자 척척 다 하고 알아서 잘만 사는데 욘석들은 하나부터 열까지 다 챙겨야 하니 원." 쩔쩔매며 애 키우는 걸 옆에서 며칠 지켜보자니 하나 더 낳으면 어떻겠냐는 말이 쏙 들어갔단다. 지쳐 보이는 신랑과 나를 안타까워하던 아빠의 위로 섞인 푸념. 웃프지만 팩트였다.

어스름한 하늘빛에 무심히 고개를 드니 베란다 너머로 얄따란 손톱달이 떴다. 불현듯 허무감이 밀려온다.

'아이들과 함께 하는 이 시간, 다신 오지 않아. 후회하지 말고 지금 잘해. 알아… 하지만 그건 내 시간도 마찬가지야. 쟤네는 예쁘게 자라기라도 하지, 나는 나이 들어가고 있다고.'

하루에도 몇 번씩 왔다 갔다 하는 양가감정 사이에서 혼란스럽다. 아이들에게 잘하면서 내 것도 야물게 챙기고 싶은 게 욕심일까. 조용히 생각에 잠긴다.

그즈음 유튜브를 듣기 시작했다. 시간 관리 문제로 고심하던 중 눈과 손이 필요한 일을 하는 대부분의 시간 동안 '귀는 놀고 있다'는 단순한 사실을 인지했다. 그 뒤로 무선 이어폰을 꽂고 잘 들리든 안 들리든 일단 그냥 틀어뒀다. 요리할 때나 공원 갈 때 특히 유용했다. 전에는 폰 메모장에 글을 끄적이거나 이북 리더기를 봤는데 손이 자유롭지 못해 불편했다. 아이들이 뭔가 요구하면 방해받는다는 생각에 나도 모르게 인상을 찌푸렸다. '아니, 애들이랑 놀아주러 나와서 이게 뭐 하는 짓이야.' 정작 방해받는 건 내가 아닌 서이, 단이의 놀이 시간이었다. 함께하지는 못할망정 아이들 시간까지 침범하며 과욕을 부리다니 못났다, 못났어.

무선 이어폰은 신세계였다. 그네를 밀어주거나 아이를 들어 안으면서도, 간식을 만들 때도 두 귀만 쫑긋하면 언제든 내 몫을 챙길 수 있다. 주로 강연이나 부동산 채널을 듣는다. <푸룽—렘군>, <월급쟁이부자들>, <요즘 육아 금쪽같은 내 새끼>, <ATTIC 영어상영관>, <세바시> 등 필요에 따라 활용할 수 있는 채널 종류도 무척 다양하다. 지역별 시세 흐름이나 투자 관련 정보에 관한 내용이 나오면 특히 더 집중해 귀를 기울인다. 인터뷰 같은 질의응답 형식이 많은데 평소 궁금해하던 부분을 상담받는 느낌이라 유익하다. 책이나 기사에 비해 비교적 쉽게 정보를 얻을 수 있다는 게 장점이나 듣고 나면 금세 한 귀로 흘러나간다는 게 단점이기도 하다. 아쉬운 마음에 요즘은 중요한 내용을 캡처하거나 메모 앱에 써뒀다가 따로 정리한다.

놀고 있던 귀가 부쩍 바빠졌다. 이전에는 내내 아이들만 따라다니다 지쳐 잠시 넋 놓고 있을 때면 허탈감에 속이 상해 감정을 추스르기가 여간 어려운 게 아니었다. 요즘은 조용할 틈 없이 자꾸만 누가 귀에 들어앉아 떠들고 있어 그런지 기복이 눈에 띄게 줄었다. 육아 스트레스가 심할 때, 남편이랑 다퉜을 때, 자존감이 바닥일 때 상황에 맞춰 활용할 수 있는 채널이 고맙게도 차고 넘친다. 특히 전문 강사의 주제별 강연은 잘 이해되지 않는 내 마음 상태를 객관적으로 파악하게 해줘 도움이 된다. '이 정도 퀄리티 강연이 무료라니.' 공급자는 광고 수익을 올리고 수요자는 양질의 콘텐츠를 공짜로 즐길 수 있으니 이런 윈윈이 또 없다. 지루할 거라는 편견과는 달리 재밌고 깊은 감동까지 주는 강의가 많다. 덕분에 순간적으로 휘몰아치는 부정적 상념에도 제법 능숙하게 대처할 수 있게 됐다.

가만히 타인의 음성을 듣는다. 감정에 동요되지 않도록 관심을 슬그머니 다른 데로 옮겨둔다. 아무리 거센 파도도 시간이 지나면 잠잠해지기 마련이니까.

TIP

놀고 있는 귀를 활용할 것.

3

주부 너머의

세   계

1 진화를 꿈꾸며

청소기를 돌리는데 갑자기 허리에서 뭔가 뚝 끊기는 듯한 느낌이 났다. 그러고는 그대로 몸이 주저앉았다. 이후 며칠간 통증이 심해 잘 일어나질 못했다. 남편은 남편대로 엄마와 아내 역할까지 도맡느라 몹시 피로해 보여 미안했다. 주부는 아프면 안 되는 사람인데. 아픈 게 죄도 아닌데 누워만 있으려니 마음이 영 편치 않았다. 얼굴도 붓고 속도 쓰리고 가족들에게 신경도 못 쓰고 집도 엉망이고. 총체적 난국이다.

3일째 되니 많이 나아졌다. 조심해야 해서 누워 있긴 했지만 다행히 통증이 그리 심하지 않은 정도까지 회복됐다. 아프지도, 안 아프지도 않은 어정쩡한 상태! 기회다 싶어 누운 채로 원 없이 책을 봤다. 이럴 때 아니면 언제 또 당당하게 저녁밥을 얻어먹겠나 싶어 잠시 마음 편히 먹고 누리기로 했다(남편 미안).

출산 이후로 쭉 허리 상태가 좋지 않았는데 조금 안일했다. 더 크기 전에 많이 안아주고 싶어 여섯 살 서이를 번쩍번쩍 들어 안으며 자진해서 몸을 혹사했다. 걷기 싫어하는 단이를 어린이집에서 집까지 안고 오기도 했다. 허리가 놀라지 않을까 싶었는데 아니나 다를까, 이렇게 바로 탈이 난다. 첫째 아기 띠 하느라 망가진 허리와 무릎이 어느 정도 괜찮아지고 나니 둘째가 태어났고 이번엔 고관절이 나갔다. 맙소사. 그 밖에도 굽은 어깨, 거북목, 틀어진 골반까지 온몸 구석구석 다 말썽이다. 어쩌다 이 지경이 됐을까. 더 늦기 전에 수습해야겠다는 생각에 병원을 찾았다.

엑스레이를 찍으니 웬 호모에렉투스 하나가 서 있다. 충격이다. 의사 선생님은 구부정한 자세에 복부 근육도 부족한지라 약해진 허리를 지탱할 힘이 없어 무리가 가는 거라 했다. 그 와중에 아이들도 안아야 하니 더 심해질 수밖에 없었을 거라고. 몸 쓰는 방법을 몰라 그런 거니 하나부터 열까지 다시 배우면 된단다. 차차 나아질 거라 하시는데 마음이 무겁다. 어디서부터 어떻게 잘못된 걸까.

아주 사소한 것부터 찬찬히 배워가기로 했다. 앉았다 일어나는 법, 누워 있다가 일어설 때 허리에 무리 안 가게 하는 법, 뭉친 어깨 푸는 스트레칭법 등을 배웠다. 잘못된 자세를 인지하고 차근차근 고쳐나갔다. 허리가 갑자기 이렇게 된 건 좀 유감이지만 간혹 이런 신호가 문제를 바로잡을 계기를 마련하고 행동을 불러일으키는 기회가 된다고 생각하면 그리 나쁜 일만은 아닌 듯하다. 담당 치료사분께 운동을 추천해 달라고 하니 일단 무리가지 않도록 걷기부터 시작하는 게 좋겠다고 권한다.

그런데 이 걷기란 게 생각보다 어려운 일이었다. 걷는 자체가 어렵다기보다 마음먹고 준비해 나가는 과정이 그랬다. 처음에는 저녁 늦게 나가 욕심껏 한 시간 정도를 걷다 들어왔다. 며칠이나 됐을까, 밤이라 공원에 사람이 없어 한적해 무섭다는 둥, 모기가 있는 것 같다는 둥, 귀찮다는 둥 하며 한두 번씩 슬쩍슬쩍 미뤘다. 못 지켜낸 나와의 약속과 찔리는 마음이 반복되다 보니 저녁 산책은 내게 '어렵고 귀찮고 힘든' 일이 돼버렸다. 일단 집에 들어가는 순간 마음보다 몸이 먼저 반응했다. 이제 쉴 시간이니 편한 옷 입고 널브러져도 된다는 신호가 되는 듯했다. 억지로 해봤자 며칠 못 갈 걸 알기에 잠시 내려놨다.

그러다 산책 시간과 동선을 바꿔보기로 했다. 시간계획표를 쓰다 문득 깨달은 것이다. 그렇게도 쓰기 귀찮던 게 매일 앉는 책상 위에 보이게 펼쳐놓으니 꾸준히 적게 되지 않았던가. '쉽고 간편하게' 할 수 있게끔 세팅해 두면 되겠다는 힌트를 얻었다. 단이를 어린이집에 데려다주고 돌아오는 길에 겸사겸사 산책까지 하고 들어가면 좋겠다는 생각이 들었다. 아직 집에 가기 전이니 몸도 거부감 없이 자연스레 받아들일 테고 저녁 시간도 한결 여유로워질 듯했다. 심적 부담도 덜하고. 괜찮네, 그게 좋겠다!

오전 9시 반. 단이를 등원시키고 방향을 튼다. 빙 돌아 멍석 깔린 공원 산책로로 들어선다. 푹신한 바닥 느낌도 좋고 푸르른 나무들이 눈에 들어오니 마음이 편안해진다. 마스크를 내리고 천천히 길게 숨을 들이마신다. '오, 피톤치드!' 향긋한 풀 내음에 기분이 좋아진다. 30분간 공원을 돌고 또 돈다. 떠오르는 사람이 있거든 안부 전화도 하고 SNS에 글 쓸 때 올릴 풍경 사진도 몇 장 찍는다. 힘든 줄 모르고 금세 30분이 지났다.

집에 돌아와 싱싱한 채소에 닭가슴살을 얹어 먹는다. 칼슘제와 비타민도 챙긴다. 그간 방치됐던 몸이 자주 기뻐하길 바란다. 많이 서운했을 텐데 노여움 풀길. 앞으론 그동안 못했던 것까지 배로 신경 써주겠다고 나와 약속한다.

주에 두 번씩 필라테스도 배우고 있다. 자세 교정에

좋다길래 시작했는데 쉽지 않다. 거울을 향해 나란히 앉은 내 몸과 선생님 몸이 마치 비포 애프터 같다. 복근 땅땅해 군살이라고는 도무지 찾아볼 수 없는 선생님의 무결점 체형에 자꾸만 눈이 간다. 반면 아무리 바지에 욱여넣어도 흘러내리는 내 뱃살은 어쩌면 좋을까. 이런 데서 인간미 드러내고 싶지 않은데 눈치 없이 자꾸만 삐져나와 티를 낸다. 날씬하고 예쁜 체형보다 어깨 쭉 펴고 고개 꼿꼿이 든 당당함이 더 탐났다.

흘끗 보니 선생님은 녹차를 마신다. 내가 입이 심심하다며 습관적으로 믹스커피를 타 마실 때 선생님은 차를 마시나 보다. 내가 밤이건 낮이건 신나게 먹어댈 때 선생님은 스트레칭을 하고 철저히 식단을 관리했겠지. 건강을 위해 들인 시간과 수고, 순간의 선택, 태도 하나하나가 거울에 비친 우리의 대조적인 몸에 고스란히 드러났다. 마치 내 몸 상태만이 아니라 일상을 통째로 들켜버린 듯해 얼굴이 화끈거렸다.

기구 필라테스는 거의 고문 수준이었다. 몸을 찢고 늘이고 굳어진 근육을 사정없이 비틀어댔다. 이미 틀어진 체형을 원상태로 돌리려니 그만큼의 대가가 따랐다. 관리보다 수습이 몇 배는 더 힘들다는 것을 뼈저리게 느꼈다. '평소에 잘하자. 이건 좀 아닌 것 같아.' 눈질끈 감고 부들거리며 주어진 동작을 가까스로 모두 해냈다. 하고 나니 잠시나마 활기가 생긴다. 풀어진 몸과 마음을 쫀쫀하게 끌어당겨 잡아주는 느낌이랄까. 이래서 사람들이 자꾸만 운동, 운동 하나 보다. 왜 진즉 귀담아듣지 않았는지 이제야 후회가 된다.

자신에게 맞는 운동 하나 정도는 하루 몇 분이라도 챙기는 게 내 몸에 대한 예의 아닐까 싶다. 그간 나는 참 예의가 없었다. 고생 많다고, 잘 버텨줘 고맙다고 말로만 해봤자 몸은 알지 못한다. 그래서 조금 더 성의를 보이기로 했다. 아침에 시원하게 기지개 쭉 켜고 마시는 물 한 잔으로, 집에 가는 길 조금 돌아가며 더 걷는 수고로움으로, 꼬박꼬박 챙겨 먹는 영양제 한 알과 따끈한 차 한 잔으로 보답하려 한다.

그간 약속도 많지 않고 나갈 일도 잘 없다 보니 옆구

리에 살이 붙건 배가 나오건 크게 신경 쓰지 않았다. 꼭 외적인 부분이 아니라 건강을 위해서라도 그러면 안 됐는데 무심했다. "백날 열심히 일해 돈 벌어봐라, 건강 잃으면 끝이다." 잔소리 같아 듣기 싫었던 어른들 말씀이 어느새 진지하게 들릴 나이가 됐나 보다. 너무도 맞는 소리다. 너무도 중요해 명심 또 명심할 말이다.

다행히 우리에겐 개선의 여지가 있다. 그리고 거기에 매달려 볼지, 그대로 둘지 언제든 자유롭게 선택할 수 있다. 선택이 가능한 상태라는 건 아직 많이 늦지 않았다는 증거다. 얼마나 다행인가! 조금이나마 나아질까 싶어 그 일말의 여지를 붙잡으려 애쓰는 지금의 내 모습이 좋다. 일주일에 두 번, 살아 있음을 온몸으로 느낀다.

호모사피엔스가 되는 그날까지, 운동은 계속된다!

TIP

스스로의 몸을 자주 살피고 관심 주며 돌볼 것.

2   **마음 지도**

처음으로 부자가 되고 싶다는 생각을 했다. '부자'라는 단어가 주는 뉘앙스가 어쩐지 나랑은 다른 세상의 것으로 느껴져 낯간지럽다. 그런데 그간 읽은 자기계발서 영향일까, 어느 순간 못할 것도 없겠다 싶은 마음이 들어 스스로도 놀랐다. 어떤 목표든 개인적으로 확실한 동기를 적어두면 도움이 된다길래 한번 써보기로 했다.

아이들 환경을 내 노력으로 바꿔줄 수 있기에 가만

히 있을 수 없다고 썼다. 여태 고생하며 희생해 온 아빠 인생을 보상해 주고 싶다고도 적었다. 누군가에게 기대지 않고 원하는 일을 내 힘으로 해내고 싶다는 의지도 덧붙였다. 목록을 적어 내려가며 '부자'라는 의미에는 꼭 돈이 많고 적음을 떠나 다양한 뜻이 내포돼 있음을 알 수 있었다. 삶, 꿈, 가족, 나눔 그리고 자존, 평안, 그 밖의 여러 가치도.

내가 자기계발을 시작할 당시 '경제적 자유'라는 표현이 유행처럼 번졌다. 생전 처음 들어보는 말이어서 낯설면서도 운명적 상대임을 직감하듯 끌렸다. 하고 싶은 일을 돈 걱정 없이 할 수 있을 만큼의 여유를 갖고 싶다. 쫓겨나지 않아도 되는 내 집 또는 조그만 작업실을 구해 원하는 것을 마음 편히 할 수 있다면 좋겠다. 유독 돈 되지 않는 일을 좋아하고 즐겨 해서인진 몰라도 안정에 대한 집착이 강했다.

바라는 건 많으면서 아무런 노력도 해본 적 없었다. '어제와 같이 살며 다른 미래를 기대한다'. 아인슈타인이 정신병 초기 증세라고 했던 짓을 내가 하고 있었다. 원하는 걸 알면서도 손 놓고 있는 내 모습이 갑갑했다.

그간 읽은 자기계발서 내용은 모두 닮아 있었다. 환경이나 세부 과정의 차이는 있지만 본질은 같았다. 뭔가 되고 싶다면 그에 맞는 '마음가짐'부터 지녀야 한다는 것. 마음가짐은 어떻게 만드는 걸까, 고민이 시작됐다. 여기저기서 좋다는 건 무작정 다 따라 해보기로 했다.

먼저 '자기 확언'부터. 이건 확신이 있을 때만 쓰는 거 아닌가. 난 아직 부정덩어린데 하는 생각이 잠시 스쳤으나 일단 하라는 대로 해보기로 했다. 쓰고 나면 없던 확신도 생겨날까 싶어서.

나는 실행의 아이콘으로 모범이 되는 엄마이자 희망을 심어주는 사람이다. 하루하루 변화해 나간다. 배움과 시도를 두려워하지 않는다. 세상 모든 이들은 내 친구다. 마음 열어 먼저 다가간다. 내가 가진 것을 아낌없이 나누며 그들을 존중한다. 총명한 눈빛과 부드러운 미소로 세상을 향해 당당하게 걷는다. 겸손한 마음을 지닌 동시에 쓸모 있는 사람으로서 존재감을 드러낸다. 나는 점점 더 그런 나를 믿고 애정한다.

매일은 아니더라도 종종 꺼내보는데 읽고 나면 에너지가 충만하게 차오르는 느낌이다. '굳이'라고 생각했던 게 무색하리만치 쓰길 잘했다 싶다. 이유를 인지하면 동기가 부여되고 동기는 동력으로 작용한다. 선순환 시스템의 기초공사랄까. 한 번쯤 써보길 권한다.

다음으로 X-Mind 프로그램을 실행해 마인드맵을 그려보기로 했다. 중앙부에 최종 목표를 적고 곁가지를 뻗어나가며 하위 목표를 적었다. 다섯 가지 세부 목표도 정했다.

1. 가정
2. 건강
3. 지적 성장
4. 재테크
5. 일

'지적 성장'에는 늘 해오던 독서와 출간을 위한 글쓰기를 하겠다고 적었다. '일'에는 작가와 사업가를 써뒀다. 그중 하나를 지금 하고 있다.

마감 기한을 명확히 정해두지 않은 것이 실수라면 실수였을까. 혹시 지금 이 글을 보고 나도 한번 해볼까 싶은 마음이 든다면 꼭 데드라인을 함께 적어두길 당부한다. 그러지 않으면 나처럼 아주 더디게 가게 된다. 그게 꼭 나쁘다는 건 아니다. 나는 뭘 하든 조금 느린 편이고 그런 내 속도를 존중하기로 했다. 그리고 내가 할 수 있는 선에서 가정에, 특히 아이들에게 소홀하고 싶지 않은 마음이 컸다. 그러려면 기간이 충분해야 했다. 시간에 쫓겨 조바심 나기 시작하면 안 그러려고 해도 꼭 가족이나 상황을 탓하게 되는데 그런 내 모습이 마음에 들지 않았다. 이렇게까지 할 필요가 있을까 싶기도 하고.

몇 차례 부작용을 겪은 끝에 요즘은 '조화'를 가장 중시한다. 여유롭게 즐기며 할 수 있겠다 싶을 정도의 기한을 넉넉히 정해둔다. 그래서인지 뒤탈이 없다. 때로 주변을 보면 '나는 ○○○○년 ○월 ○일 …가 됐다 혹은 …를 이뤘다'는 식으로 목표를 작성하고 실제로 정해둔 기한 안에 이루는 경우가 많다. 서이와 단이가 조금 더 크고 나면 나도 조금 더 빡빡하게 데드라인을 정해 달려볼까 한다. 그전까진 내 속도대로 가기로 한다.

　'가정'에다가는 '책—스스로 읽고 같이 읽어주는 엄마'라고 적었다. 다른 건 몰라도 독서만큼은 이제 신경 쓰지 않아도 될 만큼 잘 지켜나가고 있다. 책 읽는 모습을 보여주는 것도 내가 진심으로 내켜서, 좋아서 하고 있고 직접 읽어주는 것도 흔한 풍경이 됐다(예전엔 TV와 그렇게도 친했던 우리가!). 그 밖에도 분기별 여행과 미니멀리즘 실천이 있다. 여행은 작년에 비하면 확실히 횟수가 늘었다. 꼭 장거리가 아니더라도 가벼운 마실이나마 자주 나가려 노력한다. 그래도 종이에 한 줄 적었다고 마음가짐이 좀 더 진지해지는 게 신기하다. 미니멀리즘도 현재진행형이다. 당근 앱을 통한 나눔이나 판매, 정돈으로 점점 더 심플한 집이 돼가고 있어 흡족하다.

'재테크'에는 부동산 투자와 경매 낙찰, 임대 수익 목표를 써뒀다. 50대가 되면 나와 남편은 뭘 하며 지내고 있을까. 좋아하는 일을 취미처럼 부담 없이 오래 하고 싶어 임대 수익 월 목표액을 정해뒀다. 헷지(금전 손실을 막기 위한 대비책) 수단으로 집을 마련하기 위해 장기적으로 이사 계획도 세워뒀다. 매일 아침을 먹으며 유튜브에서 부동산 채널을 필사적으로 보는 이유도 바로 그 때문이다. 그 밖에도 관심 지역 분위기를 살피려 간혹 나들이를 빙자한 임장을 간다. 언젠가 살고 싶은 동네에 자주 들락거리며 미리 친해지려 한다.

지도를 만들어 방향을 살피니 든든해 좋다. 자기 확언을 읽으며 잘하고 있다고 스스로를 믿고 격려한다. '그깟 종이에 몇 자 적은 게 뭐라고' 하는 생각이 들지도 모르겠다(내가 그랬다). 나는 다소 회의적이고 냉소적인 사람이었다. 그런데 딱히 도움도 안 되는 의심과 선입견을 버리고 나니 할 수 있는 게 많아졌다. 이것도 한번 해볼까? 이것도, 요것도? 하나둘 따라 하다 보니 몰랐던 세상을 알아가는 재미가 쏠쏠했다. 신기하게도 적어놓은 대로 하나둘씩 이뤄나가고 있는 나와 마주하게 됐다. '소오름'.

돼도 그만, 안 돼도 그만이다. 하지만 하나라도 이룬다면 할 수 있다는 믿음이 생길 것 같았고 실제로 그랬다. 작은 성공의 힘을 체감했다고 해야 할까. 시도 횟수가 늘수록 얻는 것도 정직하게 많아졌다. 행여 결과적으론 실패라 할지라도 실망하지 않기로 했다. 과정에서 배운 것은 당장은 아니라도 언제 어딘가에서 다시 든든하게 내 편이 돼 나를 지켜줄 테니까.

TIP
마인드맵으로 방향을 정하고 묵묵히 걸어나갈 것.

3 　　　　　　　　　　　허벅지가 터지지 않게

나는 조금 느린 편이다. 느린 게 좋다. 원래부터 그랬던
건 아니다. 굼뜬 나를 기다려 주지 않고 속 터진다고 자
꾸 재촉하니 점점 스스로가 싫어질 때도 있었다. 계속
그렇게 살 순 없는 노릇이니 언젠가부터 그런 내 속도
를 존중해 주자고 마음을 달리 먹었다. 체념에서 비롯
된 긍정주의였다. 남에게 피해 주지 않는 선에서, 필사
적으로 여유를 사수하며 살기로 나와 약속했다. 느린
게 꼭 나쁜 건 아니라고 몇 번씩이나 설득해 가면서.

그런데 요즘 들어 자기계발서나 유튜브 썸네일을 보다 보면 자주 접하는 문구가 있다. '이랬던 누구, 얼마 만에 OOOO.' 보통 뒤쪽에는 입이 안 다물어질 만한 놀라운 성과가 쓰여 있다. 참으로 유혹적인, 클릭을 부르는 문구다. 자산 몇 십억 달성이라든가 순수익 월 몇 천 세팅이라든가. 날카롭게 딱 떨어지는 명확한 애프터. 나도 모르게 시선을 떨구고 입술을 내민 채 부루퉁해진다. 내가 자신 없어 하는 것 중 하나다. 이것저것 좋아하는 게 많아 죄다 벌려놓고는 시큰둥해지면 대수롭지 않게 관둔다. 동화 속 엔딩이 순수하게 '행복'이었다면 자본주의사회에서 부대끼며 살아가는 우리에게 해피엔딩은 결국 '돈'이 될 수밖에 없음을 머리로는 이해하나 가슴으론 못마땅히 여겼다. 행복이 곧 돈이고 돈이 곧 행복이라고 공식처럼 주입당하는 듯해서. 거기다 속도 압박까지 얹어진 자극적인 문장이 어쩐지 석연치 않았다. 성과지향적인 사회 분위기가 때로 버겁고 야속하다.

자기계발을 하다 보면 이런 팽팽한 공기에 동요돼 빠른 결과물에 자꾸만 집착하게 된다. 물론 의도적으로 그런 결과를 노리고 시스템 안에 나를 집어넣는 건 맞지만 어느 순간 회의가 든다. 그러지 말아야지 하면서도 어느새 비교, 경쟁, 목표 의식에 대한 피로감 같은 것에 억눌린다. '기존 내 원칙은? 왜 나는 이 작은 세계 안에서 또 누군가와 나를 견줘 평가하고 힘겹게 싸워야 하지.' 여태 착실하게 잠자코 있던 의구심이 슬쩍 고개를 든다. 현실 거북이랄까. 그간의 페이스에 맞춰 잘 가고 있다가도 옆에 있던 누군가가 어느 순간 내달려 내가 이루고자 했던 목표를 별것 아니라는 듯 해내는 걸 보면 현타가 온다(현실 토끼는 낮잠도 안 자고 새벽 기상까지 한다). 그때부터 마음 급해진 거북의 자책이 시작된다. '나는 뭐 하고 있지. 이렇게 빌빌 기어서 대체 언제 도착할 건데.'

마침 블로그 수익화 무료 특강이 있어 호기심에 들었다. 일일 방문자 수를 늘리고 하루 하나씩 반드시 포스팅(1일 1포)을 하라고 한다. 네이버는 검색 엔진 기반이니 제목에도 유입수 높은 핵심 단어를 넣어보라며 고맙게도 유익한 정보를 많이 줬다. 이후 작정하고 매일 블로그에 재테크 관련 글을 올렸다. 밤이나 낮이나 수시로 임시저장 글에 적고 또 적었다. 그렇게 이웃 수를 늘리고 일일 방문자 수를 목표한 만큼 높였는데 하나도 기쁘지 않았다. 내가 가고자 하는 방향과 맞지도 않았고 왜 이렇게까지 해야 하는지도 의문이었다. 실제로 통장에 소소한 외식비 정도가 입금되긴 했지만 충분한 동기가 되진 못했다.

아무래도 안 되겠다 싶어 마음을 조금 더 내려놨다. 덤덤히 혼자만의 경기를 하기로, 어제의 나와 겨루고 작년의 내 모습과 비교하기로 했다. 조금이라도 나아진 것에 감사하고 만족하려 애쓴다. 다른 이들의 성과는 그저 약간의 자극과 참고 정도면 족하다. 느린 나를 더는 채근하거나 타박하지 않기로 했다. 그저 믿어주고 출발 신호가 울리기 전까지 충분히 숨 고를 시간을 준다. 어차피 할 거고, 막상 시작하면 기똥차게 잘해내리란 것도 아니까. 새로운 뭔가를 시작하고 싶거나 이제는 조금 속도를 올려야겠다 싶을 때 '지금이야!' 하고 신호가 오기를 차분히 기다린다. 그날그날 내가 원하는 목적에 충실하면서.

지금 내 블로그는 잡블로그 성격을 띤다. '엄마 사람'이라는 온라인 부캐로 종종 들르는 아지트 같은 공간이다. 목적이나 주제 의식이 뚜렷하진 않지만 이벤트가 생기면 기록하거나 책을 읽고 후기를 남기고 싶을 때 자유롭게 들어가 이용한다. 내가 정한 블로그 철칙. 진심으로 내킬 때, 기꺼이 들어가 즐길 것. 이전에 발행한 포스팅은 원고를 쓰다 소재가 떨어지면 찾는 참새 방앗간이 돼준다. 특별히 전문가인 양 세련되게 브랜딩을 하거나 '협업 제안 문의' 같은 그럴싸한 문구는 아직 적어두지 못했다. 잘하려고 힘줘 애를 쓰면 쓸수록 나답지 않은 듯 부자연스러워 구태여 조바심 내지 않기로 했다.

'엄마 사람'은 계속 진화 중이다. 엄마와 사람을 오가며 양쪽 정체성을 모두 지켜내기 위해 나름의 고투를

이어가고 있다. 언젠가 아이들이 엄마 손길 없이도 제
할 일 알아서 척척 해내게 될 때쯤 사람 쪽에 더 무게를
두려 한다.

얼마 전 읽은 요조의 산문집 《실패를 사랑하는 직
업》에 실린 일화가 내 변명이 돼줄지 모르겠다. 어느
날 요조는 애인 이종수와 (그의 말에 따르면) 허벅지가 터
진다는 성산일출봉에 오른다. 정상에 올라 허벅지가
터지지도, 힘이 들지도 않았다고 놀라는 그에게 요조
는 중간중간 엄청 쉬지 않았느냐고 답한다. 초입에 있
는 휴게소 고양이들도 보고 조금 오르다 바다도 보고
탁 트인 전경에서 집도 책방도 어딨는지 찾아보고 마주
하는 풍경을 천천히 누리며 올랐다는 설명이 이어진다.
전에 급히 올랐을 때와는 확연히 다른 이종수의 경험
을, 요조는 인생을 대하는 '태도'로 해석한다. 앞으로도
하고 싶은 일들을 부드럽게, 허벅지가 터지지 않게 하
겠다고 말이다.

행여 허벅지가 터질까 싶어 나 또한 적당히 몸 사리며 나아가기로 했다. 속도나 성과에 연연하지 않고 과정 자체에 몰입해 충실히 즐기면서.

> **TIP**
>
> 조바심 내지 말고 과정을 즐기며 내
>
> 속도를 유지할 것.

4 　　　　　　　　　　　　**센터는 나야**

둘째를 낳아보니 알겠다. 같은 배에서도 완전히 다른
성향의 아이가 태어날 수 있다는 것을. 서이랑 단이는
둘이 자매가 맞나 싶을 적이 많다. 외모도, 성격도. 누가
안아주지 않으면 밤새도록 칭얼거리며 잠을 못 자던
서이와는 달리 막내 단이는 뭐든 알아서 척척이다. 잠
드는 것도, 밥 먹는 것도, 심지어 기저귀를 벗고 아기 변
기에 앉는 것도 슬슬 하기 시작했다. 낮잠 시간이 되면
'자야지' 결심이라도 하듯 바로 눈을 감고 잠이 든다.

서이는 내 성향을 많이 닮았다. 소심하고 여린 데다 눈물도 많다. 한번 울면 여간해선 그치기도 쉽지 않다. 뭘 하다가 마음처럼 잘되지 않으면 어쩔 줄 몰라 하고 급기야는 버럭 화를 내기도 한다. 자신의 존재를 분마다 알려야 직성이 풀리는지 질문도 끊임없다. 이거 해달라 저거 해달라 주문도 많다. 호기심이 많아 그런 것이니 고마워해야 할 일이지만 매번 일일이 답해주기가 여간 귀찮은 게 아니다. 가끔씩 기분이 좋아 살랑거릴 때도 있지만 감정 따라 기복이 심한 편이다.

엄마에게 아이 성향은 키우기 어려운 아이 혹은 수월한 아이로 나뉜다. 실제로 그런 면도 있다. 하지만 이런 함정에 빠지지 말자고 스스로에게 단단히 못 박는다. 엄마의 분류는 대개 '비교'를 낳기 마련이니까. 아이는 타고난 고유함 자체로 인정받아야 한다. '내 앤데. 암만, 엄마인 내가 제일 잘 알지' 하고 섣불리 단정 짓지 말 것. 착각하지 말라고 당부, 또 당부한다. 작은 거인의 무한한 가능성을 몸집만 크다고 어른이 가로막는 건 아무리 생각해도 좀 비겁하다.

같은 배에서 나왔는데도 내향적인 나와는 달리 친오빠는 낙천적이고 활발했다. 정반대였으니 비교가 안 되려야 안 될 수가 없었을 거다. 악의는 없었을지라도 농담 삼아 던지던 엄마의 비교 섞인 말이 간혹 떠오른다. 서른이 훌쩍 넘은 지금까지 당시의 속상함이 고스란히 기억나는 걸 보며 '나 같은 성향의 아이는 이렇겠구나'를 짐작한다. 별것 아닌 말 한마디가 트라우마처럼 남아 오래갈 수도 있음을 이해하고 조심한다.

엄마 역할은 어쩐지 내겐 좀 어울리지 않는다고 생각했다. 어렵고 부담스럽게만 느껴졌다. 늘 다른 엄마와 비교하며 나는 왜 이렇게밖에 못하는지 자책했다. 의심하고 채근하기 바빴다. 잘한 건 대수롭지 않게 여기고 모자란 부분에만 집중하니 딱히 잘못한 것도 없는데 괜스레 불안했다.

설사 누군가에 비해 조금 더 나은 것을 칭찬받는다 한들 잠시 내가 더 잘났다는 우월감을 느끼곤 그걸로 끝이었다. 순수한 성취감과는 애초부터 결이 달랐다. 잘

난 것도 이런데 못난 건 오죽할까. 자극받고 상처받는 것 말곤 남는 게 없다. 부모에게조차 무조건적인 사랑을 받지 못한다는 데서 오는 허기만 점점 더 강해진다.

비교가 무서운 이유다. 받았던 방식 그대로 스며들어 세상을 바라보는 관점이 된다. 각자의 세계를 그대로 인정하려 노력하기보다 나도 모르게 견주고 평가해 분류하는 방식을 택한다. '행복'조차도. 행복이란 남보다 우월해야만 가질 수 있다고, 반대라면 불행해지고 만다고 여기게 된다. 중심이 밖으로 향하니 위태로울 수밖에 없다. 이거야말로 얼마나 불행한 일인가. 알면서도 마음 다스리기가 쉽지 않다.

예전 기억을 뒤적인다. 실수하지 않기 위해. 좋았던 점은 따라 하고 싫었던 점은 따라 하고 싶지 않아 자꾸만 뒤돌아보고 확인한다. 앞으로 어떻게 할지 고민하며 방향을 정할 수 있도록 말이다.

부모가 지닌 순수한 자기애와 확신은 아이에게 고스란히 전해진다. 비교하지 않고 존재 자체로 인정해 주는 바른 마음가짐과 태도 또한 그렇다. 나는 이미 충분한 자격을 갖춘 엄마라고 한번 믿어보기로 했다.

남편이 출근한 주말, 집 근처 가까운 등산로를 뒤져 산으로 탐험 가자고 아이들을 꼬드겼다. 짜장떡볶이를 만들고 치킨너겟을 구워 통에 담고 백팩을 멨다. 서이에겐 앞장 서달라며 길 안내를 부탁했다. 아주아주 중요한 임무라는 듯 눈을 부리부리하게 뜨고 시선을 맞춘다. 나만 믿고 따라오라는 아이의 발걸음이 분주하다. 서이는 엄마의 믿어주는 말 한마디에 정상까지 갈 수 있는 아이니까. 그리고 단이는? 아까 구운 치킨너겟이랑 어묵 잔뜩 넣은 짜장떡볶이 그거. 응, 그거면 정상까지 충분하다. "단이야, 조금만 더 힘내. 우리 저기 정자에 가서 짜장떡볶이 먹는 거야." 우리 귀염둥이 먹보에겐 믿어주는 말이고 뭐고 배 볼록하게 튀어나올 때까지 쫄깃한 떡 입에 가득 채워 넣는 게 가장 큰 기쁨이니까. 얼마나 걸었다고 벌써 헉헉거리는 저질 체력 엄마만 뒤처지지 않고 잘 따라가면 되겠다.

그렇게 셋 다 무리 없이 작은 정상까지 올랐다. '오르고 싶은 만큼 오르면 돼. 다만 엄마는 너희가 작은 뭔가를 정복하려 할 때 조금 더 수월하게 할 수 있도록 돕고 싶어. 그 방법을 누구보다 잘 아는 사람이 되고 싶고.'

빨간 날 일하는 아빠의 빈자리를 아이들이 크게 못 느끼는 듯하다. 남편이 들으면 조금 서운할 수도 있으니 나만 알고 속으로 즐기련다.

이게 내가 잘하는, 나만의 육아 방식이다. 평소 조금 엄격하게 굴다가도 어느새 눈을 맞추고 친구가 돼주는 것. 사람 대 사람으로 대하는 것. 콘셉트는 '쭈구리'다. 아이가 힘들어할 적마다 그래도 네가 엄마보다 훨씬 낫다고, 엄마는 어릴 적에 맨날 말 한마디 못하고 엉엉 울기만 했는데 넌 참 대단하다고 추켜세운다. 그렇게 의기소침했던 엄마도 지금 이렇게 다 커서 씩씩한 어른이 되지 않았느냐며 아이를 안심시킨다.

어떤 면에선 조금 부족한 엄마일지도 모르겠다. 하지만 아이에겐 허당미 넘치는 어설픈 엄마도 그리 나쁘지 않다고 본다. 친구 같은 엄마가 돼주고 싶다. 오늘

원에서 뭘 배웠는지 묻기보단 즐거웠는지 묻고, 어떤 놀이 하느라 즐거웠는지 누구랑 놀았길래 그리 좋았는지 아이가 먼저 입이 간지러워 얘기하고 싶은 곳을 시원하게 벅벅 긁어주는 엄마가 됐으면 한다. 남이야 어떻든 우리 아이와 내 기준에서 행복하면 그만 아닐까. 나 자신부터 편견 없이 받아들여 '이 정도면 꽤 괜찮은 엄마'라고 자부심 가지련다. 중심은 늘 밖이 아닌 내 안에 있다는 것을, 내가 먼저 보여줘야겠다.

> **TIP**
>
> 육아의 중심은 나에게 둘 것. 비교는 금물.

하루의 책임

식목일을 맞아 단이가 원에서 '데모루'라는 꽃모종을 가져왔다. 데모루는 어린이가 도화지에 그린 꽃처럼 생겼다. 작은 동그라미를 그리고 그 둘레를 빙 돌아가며 토끼 귀를 그린, 친숙한 모양.

분갈이가 필요했는데 마침 베란다에 남아 있던 미색 도기 화분이 떠올랐다. 시든 꽃이 달린 꽃대를 자르고 누렇게 뜬 잎은 솎아줬다. 햇빛 받던 쪽으로 고개가 쏠려 한쪽으로 기운 자세여서 새 보금자리에 자리를 잡아줄 땐 반대 방향으로 비스듬히 놓고 사방에 흙을 채워 곧추세웠다. 베란다에서 거실로 옮기는 짧은 순간에도 여리고 무성한 잎이 줄기와 함께 맥없이 휘청였다. 나도 모르게 나온 보호 본능에 화분을 받친 두 손이 얼어붙고 어깨가 움츠러들었다.

"아고, 괜찮아? 걱정 마. 내가 지켜줄게."

식물 옆에 있다 보면 천진한 언어를 쓰게 된다. 뱉어 놓고도 어쩐지 나답지 않아 아무도 없는 집에서 혼자 오그라들고 마는 표현을. 그런 무구한 내 모습을 자주 보고 싶어 새로운 반려 식구가 올 때마다 무턱대고 반기게 되는지도 모르겠다. 남편과 서이 그리고 단이, 아이비, 금전수, 몬스테라 델리시오사, 아단소니 그리고 새 친구 데모루까지. 챙길 식구가 많다.

이제 네 살 된 단이는 아침에 일어나 볼일 보고 세수하고 로션 바른 뒤 옷 입는 일을 혼자서 곧잘 한다. 이제 4년 된 몬스테라는 며칠에 한 번 물만 흠뻑 주면 싹을 틔우고 잎을 늘리며 알아서 자란다. 이렇게 되기까지 그들의 보호자는 몹시 바빴다. 신경 써야 할 일이 끝없이 이어졌다. 한 생명이 의지 없이 스스로 일어서기 위해서는 시간의 힘이랄지 타인의 보살핌이 필요하다는 사실을 그것이 커가는 과정마다 체감했다. 생명을 키우는 일엔 그만한 대가가 따르지만 다정함을 연습하고 책임감을 기르도록 스스로를 돕는 과정이기도 했다.

권영경 작가는 《식물 일기》에서 식물을 보살피고 돌보는 일이 결국 나를 돌보는 일이고 그 시간은 우리를 더 큰 세계로 연결해 집 밖의 식물과 자연도 살피게 만든다고 했다. 요즘 들어 부쩍 집 밖 식물에도 관심이 가는 건 그런 연유에서일까. 오며 가며 마주하는 자연물에 한참 시선을 둔 채 바라본다. 아파트 단지 내 나무 밑에 적힌 식물 이름표를 유심히 봐뒀다가 다음 산책 때 이름을 되뇌며 눈인사를 건넨다. 등원길엔 쑥을 뜯어 아이 손에 쥐여주기도 하고 민들레를 발견하곤 그림책 《강아지똥》 이야기를 나누기도 한다. 이건 제비꽃, 이건 산수유, 저기 저건 조팝나무. 조팝나무 꽃은 엄마가 특히 예뻐하는 꽃이라고 일러준다. 아이는 한

번 들은 이름을 끝내 잊지 않고 기억한다. 그 나무는 이 제 그냥 나무가 아닌 우리 엄마가 좋다고 했던 바로 그 나무니까. 식물 하나에 기억 하나. 풍경 곳곳에 아이가 보면 사사로이 기분 좋아질 만한 의미를 새길 수 있도 록 수다쟁이가 되어 곁에서 부지런히 거든다. 작가가 말한 '큰 세계'라는 말을 꼭 자연에만 한정 짓고 싶지 않다. 그러나 그 이전에 작은 세계를 건실히 다지는 일 을 놓치고 싶지도 않다.

근래 김신회 작가의 《가벼운 책임》을 읽었다. 하루 는 의미 없이 지나가는 것 같아도 몇 개의 책임감으로 이뤄져 있고 나도 모르는 사이 그걸 수행하면서 매일 최선을 다해 살고 있다는 문장이 마음에 스몄다. 직접 확인하고 싶다면 자기 자신이나 누군가를 위해 반복하 고 있는 일을 떠올려 보고 하나하나에 번호를 매겨 하 루 몇 번의 책임을 다하고 있는지 헤아려 보라고도 쓰 여 있었다.

종일 아무것도 한 게 없는 듯해 유독 허탈한 밤, 비록

하려고 계획해 둔 일은 못했지만 대신해 책임을 다한 일을 끄적여 본다.

    ① 목감기로 아픈 서이 병원에 데려가고 ② 점심으로 서이가 좋아하는 닭백숙 끓여 살 발라주고 ③ 약을 챙겨 먹이고 ④ 재우고 ⑤ 목말라 보이는 화초들에 물을 주고 ⑥ 수경 식물의 물을 갈아주고 ⑦ 햇빛 좋아하는 데모루를 창가로 옮기고 ⑧ 뜬 잎을 떼어준 뒤 ⑨ 먹어도 먹어도 배고픈 단이에게 3종 코스로 간식을 대접하고 ⑩ 쌓여 있던 설거지를 해치우고 ⑪ 식기 건조대 위 그릇을 정리하고 ⑫ 시들어 가는 시금치 손질해 구수한 된장국을 끓여냈으며 ⑬, ⑭, ⑮…

헤아릴 책임이 화수분처럼 솟아난다. 나는 우리 아이들의 엄마면서 우리 집 식물의 엄마기도 하다. 그 밖에도 옷의 엄마, 책의 엄마, 그릇의 엄마, 냉장고 속 식재료의 엄마다. 하루가 멀다 하고 돌아가며 그들의 상태를 확인하고 안부를 묻고 돌본다.

이것 좀 봐. 매번 아무것도 안 했다고 생각하니까 고생한 몸이 억울하고 진심이었던 마음이 서럽잖아. 무려 열두 개가 넘는 책임으로 이뤄진 충분히 의미 있는 하루였어. 번호가 수두룩 쓰인 목록을 코앞에 들이밀며 나에게 따졌다.

TIP

못한 일 대신 한 일에 마음 두기.

6   **나는 샐러드다**

미국 영양학자 빅터 린드라의 "You are what you eat"이라는 말에서 비롯된 '당신이 먹는 것이 곧 당신'이라는 표현은 우리가 먹는 음식이 우리가 누군지 말해준다는 의미다. 근래 들어 이 말을 자꾸만 속으로 되뇌게 된다. 찔려서.

이삿짐 정리가 어느 정도 마무리될 무렵 집 주변을 두리번두리번 탐색하기 시작했다. 새로운 곳에 쉽사리 마음 붙이지 못해 배회했다는 표현이 더 적절할지 모르겠다. 허기진 마음으로 이곳저곳 거닐다 나를 사로잡은 풍경은 당혹스럽게도 마음이 아닌 배를 채워주는 화려한 식당 간판이었다. 그렇게 화교가 운영하는 국물 맛 끝내주는 짬뽕집을 알아냈고 "앞으로 족발은 여기"라고 점찍어 둔 가게가 생겼으며 어쩌다 스친 동네 이웃이 추천해 준 '갓성비' 고깃집에서 돼지갈비 점심 특선을 맛볼 기회만 노리며 지내고 있었다. 마치 먹으려고 사는 사람처럼 할 일 목록 우선순위에 맛집 이름 몇 군데를 슬며시 적어두는 수고도 서슴지 않았다.

그러던 어느 날 서이 유치원 가는 길모퉁이를 돌다 운명처럼 그곳을 발견했다. 12년간 아침마다 갖은 채소와 과일을 직접 갈아 만든 수제 소스로 건강과 맛을 생각해 만든다는 닭강정 가게를. 홀린 듯 문을 열고 들어가 닭강정을 처음 시켜 맛본 그날, 그날을 잊지 못한다. '당신이 먹는 것이 곧 당신'이라는 공식대로라면 이때의 나는 곧 닭강정이라고 할 수 있겠다. 내 식생활은 철저히 건강 < 기분이었다. '찐'단골 인증하듯 뻔질나

게 가게 문을 드나들며 닭강정을 사 먹었고 환상의 콤비 콜라와도 더욱 각별해졌다. 거기서 멈췄다면 좋으련만. 그 밖에도 곱창, 짬뽕, 라면, 떡볶이, 초콜릿 등 한동안 건강과는 거리가 먼 자극적인 음식만 당겼고 별생각 없이 그것들을 먹었다.

내겐 나만 아는 스트레스 적신호가 두 가지 있는데 하나는 죄다 물어뜯어 못나진 손톱이고 나머지 하나는 바로 엉망인 식습관이다. 이 두 증상은 원인 모를 불안의 덩치가 커져 도저히 감당 불가일 때 나타난다.

심각성을 인지하는 순간 무작정 나가 걷는다. 걷고 또 걸으며 현실적인 해결 방안을 고심한다. 손톱이야 시간이 좀 걸리겠지만 다시 길러 단정하게 손질하면 될 테고 불량한 식단도 좀 바꿔보면 어떨까. 이제 그들과 안녕해야 할 때가 왔어. '쿨내' 나게 작별하는 거야. 할 수 있지? 무심해 보이는 겉과 달리 속이 까맣게 탄 채 방황하는 내 안의 작은 꼬마를 타이른다.

늦은 저녁 맥주를 사러 가는 남편에게 샐러드를 사

다 달라고 부탁한다. 사 먹는 건 편하고 맛도 좋았다. 다음 날 오전까지 먹을 수 있을 만큼 양도 푸짐했다. 양 상추의 아삭한 식감과 닭가슴살, 방울토마토 그리고 그 위에 얹어진 다양한 토핑, 드레싱과의 조합이 썩 괜찮았다. '맛있는데? 그리고 알록달록 예뻐.' 그날따라 활짝 열어둔 마음 때문인지, 취향 저격 드레싱 덕분인지 생채소가 평소보다 달곰하니 맛이 좋았다. 양껏 먹었는데 속도 편안해 자주 해 먹고 싶어졌다. 매일 사 먹기엔 가격이 부담되고 그렇다고 집에서 매번 준비해 챙겨 먹기엔 어렵고 귀찮지 않을까 싶어 엄두를 못 내던 중 '야채 매일 쉽게 먹는 방법'이라는 유튜브 영상을 보게 됐다. 영상의 핵심은 채소의 물기 제거였다. 그래야 싱싱함이 오래간다는 당연한 사실을 처음 알게 된 사람인 양 진지하게 새겨들었다. 한꺼번에 많은 양의 채소를 씻은 다음 '샐러드 스피너'라고 하는 채소용 탈수기에 넣어 탈탈 물기를 털어주면 끝. 음식점에서 주문하면 바로 그릇에 척 담아 나오듯 집에서도 신속하고 수월하게 샐러드를 챙겨 먹을 수 있다는 (나 같은 '샐러드 잘알못'에겐) 매우 유익한 정보에 환호했다. "그래, 바로 저거야!" 팔랑귀는 그날로 냉큼 채소 탈수기를 주문했다. 그리고 '게으른 사람도 매일 샐러드를 챙겨 먹을 수 있는가'라는 주제로 셀프 실험을 시작했다.

양상추는 영상에서 본 대로 사 온 당일 커다란 스테인리스강 양푼에 넉넉히 씻어 탈수기에 넣고 물기를 뺐다. 그 기계는 손잡이를 잡고 힘껏 돌리고 있노라면 우주 끝까지 날아갈 만큼 거세게 돌고 있는 건 분명 양상추인데 왜 내가 어지러운 듯한지 모르겠는 흥미로운 도구였다. 샐러드를 먹겠다고 결심한 뒤 갖가지 토핑이랄지 다양한 잎채소, 처음 써보는 주방 도구 같은 작은 신세계를 하나둘 영접하는 일은 소소하지만 확실한 행복이었다. 이 '세척데이' 하루만 정해두면 약 3~4일간은 바로 꺼내 먹기만 하면 되니 부담이 확 줄었다. 먹어도 먹어도 질리지 않을 만한 토핑을 골라 대량 주문했다(말린 크랜베리와 아몬드 슬라이스 당첨). 시판용 드레싱은 바꿔가며 먹을 수 있도록 종류별로 구비해 두기로 했다.

　마트에 가면 남편은 육류 코너를, 나는 채소 코너를 서성인다. 샐러드 채소가 담긴 투명 플라스틱 용기를 위아래로 이리저리 꼼꼼히 살핀다. 내가 먹을 식재료를 성심껏 고르며 앞으로 나를 더욱 잘 보살피겠다는 의지를 몸소 알린다. 매번 리코타 치즈만 고집하다 이번에는 '미니'에 혹해 모차렐라 치즈를 집어 들었다. 미니니까 당연히 작겠지. 알고 샀는데도 집에 와 뚜껑을 열어보고는 포도알만 한 크기에 놀라 헤실헤실 웃는다. 하얗고 동그란 치즈를 티스푼으로 여러 개 떠서 샐러드 위에 얹었을 뿐인데 평소와는 달라 보이는 특별한 샐러드가 탄생했다. 오늘의 샐러드엔 어떤 드레싱이 어울릴까. 어쩌다 소꿉놀이하고 싶어질 때 조리대 위에 드레싱 레시피 책을 펼친다. 음악을 틀고 순서대로 따라 해가며 수제 드레싱 만들기에 심취한다.

　손톱 모양은 온전하게 자리 잡아가고 있다. 전기밥솥도 열일 중이다. 닭강정과의 관계는 만나는 횟수가 현저히 줄었을 뿐 여전히 진지하다. 그곳은 보통의 닭강정 가게가 아니라 자그마치 12년간 아침마다 갖은 채소와 과일을 직접 갈아 만든 수제 소스로 건강과 맛을 생각해 만드는 닭강정 가게이므로 먹지 않으면 나만 손해다.

'게으른 사람도 매일 샐러드를 챙겨 먹을 수 있는가' 실험 결과는 '그렇다'로 밝혀졌다. 점심마다 샐러드를 꾸준히 챙겨 먹고 있는 내가 그 산증인이다. 체중은 1그램도 줄지 않았는데 어쩐지 몸이 가벼워진 듯한 착각에 기분까지 가뿐한 요즘이다. 든든하게 접시 한 가득 먹고 나면 배 속 장기들도 좋다고 저마다 왁자지껄 떠드는 것만 같다. 좋으냐, 네가 좋으면 나도 좋다!

TIP
건강한 식습관으로 마음도 기분도
살뜰히 챙기기.

7

현재에 산다는 것

전업맘이 된 뒤로 찍어낸 듯 똑같은 하루가 이어진다. 토요일, 어김없이 돌아오는 독박육아의 날. 연신 걸레질해 반들거리는 바닥에 찍힌 아이들의 시커먼 발 도장을 보며 심사가 뒤틀린다. 남편 휴무일이나 기념일 같은 날만 손꼽아 기다린다. 시간은 빨리 가길 바라면 오히려 심통이라도 부리듯 느릿느릿 걷는다. 특별한 날을 위해 희생되는 기다림의 보통날들. 소중한 순간순간을 그냥 그렇게 저버린다.

한동안 책과 컴퓨터, 폰을 가족보다 가까이하며 지냈다. 바쁜 생활이 그리웠고 혼자 있을 곳이 필요했다. 책과 온라인 공간은 다른 생각 하며 한숨 돌리기에 더할 나위 없이 좋은 대피소였다. 잠시 그렇게 마음 뺏길 만한 일에 푹 빠져 있으면 시간도 잘 가고 사람들의 관심도 얻을 수 있었다. 틈만 나면 책을 집어 들었고 PC나 폰으로 블로그 임시저장 글을 작성했다. 본캐 생활은 영혼 없이 하고 온라인 부캐에만 심혈을 기울였다. 하고 나면 금세 원상태로 돌아가 티도 안 나는 집안일에 비해 기록은 노력한 만큼 쌓여 눈으로 확인할 수 있으니 좋았다.

어쩌다 부동산 강의라도 들으면 과제에 달려들어 밤을 새우기도 하고 매주 없는 시간을 짜내 임장을 다니기도 했다. 전업주부의 전업인 살림에 점차 소홀해졌다. 이게 다 가족을 위한 일이라며 그럴듯한 합리화로 불편한 마음을 요리조리 잘도 외면했다.

아이는 엄마의 무관심에 떼가 늘었다. 남편은 한숨이 잦아지고 미간을 찌푸리기 시작했다. 열정 하나는 박수받을 만했으나 성실함이나 책임감은 0점에 가까웠다. 매달렸던 일들을 잠시 내려놓고 점검 시간을 갖기로 했다.

그러고 보니 이날 이때껏 현실에 만족하지 못했다. 사노라면 언젠가는 밝은 날도 올 거라는 노래 가사처럼 올지 안 올지 모를 '언젠가'만 고대하며 지냈다. 당장 눈앞에 있는 오늘은 시시하게 때워버렸다.

고등학생 땐 대학 캠퍼스의 로망만을 기대하며 죽어라 그림만 그렸다. 좋아서 시작한 미술은 단순히 진학을 위한 수단으로 전락했다. 꽃다운 시절이란 게 있긴 있었던가. 여드름과의 사투, 지겹도록 사 먹었던 편의점 음식, 자주 쏟던 코피, 인생 최대 몸무게, 극심한 어깨 결림 따위의 기억이 더 또렷하게 남았다.

막상 대학에 합격하니 꿈꾸던 환상은 온데간데없고 현실에 내동댕이쳐진 듯했다. 벚꽃잎 흩날리는 캠퍼스 낭만도 잠시, 등록금과 생활비를 벌기 위해 밤낮으로 일해야 했다. 온갖 시간제 알바에 끌려다니며 자포자기로 지냈다. 하루빨리 안정적인 30대가 되길 바랐다. 졸업하고 나면 꿈에 그리던 직장 생활과 더불어 '여유 있는' 어른이 되겠지. 들뜸도 잠시, 또다시 현실로 내팽개쳐졌다. 결혼 자금 모으고 학자금 대출 갚느라 힘에 부치는 날들이 이어졌다. 왜 통장이 아니라 '텅장'이라고들 하는지 그제야 알았다. 업무가 손에 익을 만하니 몇 년 지나지 않아 이직하고 싶어졌다.

이 모두가 과연 상황 때문이었는지 되짚어 본다. 비뚤어진 마음가짐에서 비롯된 안일한 태도 탓은 아니었을까. 온 마음이 미래로 쏠려 현실에선 껍데기인 채로 지냈다. 20대엔 열정이 바깥으로만 맴도느라 정작 중요한 나를 챙길 겨를이 없었다. 그리고 지금. 그렇게나 기다리던 서른이 훌쩍 넘었고 어릴 적 꿈꾸던 단란한 가정도 꾸렸다. 자매를 키우고 싶다던 소망조차 삼신할미가 도와줘 이뤘다. 그토록 꿈에 그리던 순간이 왔는데 나는? 아이들이 어서 크길 바라며 내 일에만 치중하고 있다. 대체 언제쯤 현재에 살 수 있을까.

창밖으로 싸라기눈이 내린다. 어스름한 하늘과 흩날리는 눈을 바라본다. 아이들도 경중경중 뛰며 신났다. 즐겨찾기 해둔 재즈 플레이리스트를 튼다. 감미로운 리듬에 맞춰 목을 까딱거리고 어깨를 들썩인다. 온몸으로 음악을 머금고 흥에 겨운 몸짓으로 뱉어낸다. 아이들이 좋아하는 떡국을 끓이려던 참이다. 달걀 푼 그릇에 대파 송송 썰어 퐁당 빠뜨리기까지 모든 동작을 춤추듯 이어나간다. 그런 엄마가 낯설지 않은 듯 바라보며 서이가 피식 웃더니 금세 음악에 귀를 기울이고 내 친구 호비 율동과 발레를 섞은 듯한 요상한 춤을 추기 시작한다. 둘째는 한술 더 떠 행위예술 같은 동작을 진지한 표정으로 이어간다. 그런 둘의 모습에 배를 부여잡고 웃다가 눈에 눈물이 다 고였다. 어느 눈 내리는 오후, 여자 셋은 그렇게 홀린 듯 막춤 파티를 즐겼다.

완성된 떡국을 식탁에 냈다. 두 손으로 그릇을 감싸 온기를 느낀다. 수저로 만두 허리를 동강 내 떡을 얹어 입에 넣는다. 뜨거운 국물이 식도를 타고 내려가 배 속까지 뜨뜻하게 데워준다. 서이, 단이도 후룩후룩 쉬지 않고 들이켜는 걸 보니 맛있나 보다. 야물거리며 씹는 볼이 다람쥐처럼 귀여워 잠시 넋 놓고 바라본다. 결코 다시 돌아오지 않을 귀한 때다. 어리석게도 그 사실을 자꾸만 잊는다.

'저 사랑스러운 모습을 좀 눈여겨보라고, 바보야.'

그렇게도 찾아 헤매던 행복이 알고 보니 여기저기 널려 있었다. 하나라도 놓칠세라 눈으로, 마음으로 자꾸만 주워 담는다. 다 놓쳐버리고 후회하고 싶지 않아 보고 또 본다. 조금 늦더라도, 약간 내려놓더라도 조화롭게 모두 가져가고 싶다. 나는 아내고 엄마니까. 우리 가족 소속이니까. 나 그리고 내가 사랑하는 이들의 삶부터 살뜰히 보살펴야겠다. 현재에 기쁘게 살아 숨 쉬며 매 순간 행복해야겠다.

TIP
지금을 놓치지 말고 1회1회 할 것.

8

요즘 뭐 해

'안부'라는 단어를 사전에서 찾아보면 '어떤 사람이 편안하게 잘 지내고 있는지 그렇지 아니한지에 대한 소식, 또는 인사로 그것을 전하거나 묻는 일'이라고 쓰여 있다. 단순히 사전적 의미로만 보자면 안부란 참으로 다정한 배려가 아닐 수 없다. 그런데 막상 안부를 주고받다 보면 상대가 편안하게 잘 지내고 있는지보다 뭘해 먹고 사는지 그래서 형편은 안녕한지가 더 궁금한 것 같다.

'그거 해서 어디 밥 벌어먹고 살 수 있겠냐'는 식의 조금 무례한 질문을 받는 경우도 더러 있었다. 조심스레 빙빙 돌려 말하건 대놓고 무안을 주건 정도만 달랐지 듣기 거북하긴 마찬가지였다. 다들 어찌 그리 자기 일인 양 대신 나서 걱정해 주는지 고마워 소름이 다 돋을 지경이다. 관심 없는 듯 지켜봐 주고 믿어주는 게 진정한 배려임을 반대 상황에서 느끼고 배운다. 불편한 일을 겪는 것은 다른 누군가를 불편하게 하지 않는 길을 깨닫는 일이기도 했다. 그러니 마냥 불쾌해할 일만은 아니라고 정신 승리 해나간다. 그 뒤로 뭘 하든 티 내지 않고 안 하는 척 조용히 하는 쪽을 택했다. 아무도 눈치채지 않길, 안부 따위 묻지 말고 관심 거둬주길 바랐다.

사실 돈이 되건 안 되건 나 스스로 중요하게 여기지 않았다면 남 얘기에 휘둘리지도, 크게 동요하지도 않았을 터다. 하지만 어릴 적 돈보다는 좋아하는 일이 먼저였던 나는 어디 가고 어느새 전세는 역전돼 돈이라는 기준이 내 안에 꽉 들어차 있었다. 뭘 배우든 얼마가 들고 나중에 본전 이상을 벌 수 있을지 따졌다. 그러니 단념의 가장 주된 이유도 '수입'이었다. 돈이 안 될 것 같으니 이쯤에서 그만 접는 게 좋겠다고, 더 시간 낭비하지 말자고 스스로 포기를 부추겼다. 애초에 배움에 관한 고귀한 신념 같은 건 있지도 않았으니 따지고 보면 인과응보였다.

요즘은 다시 좋아하고 잘하고 싶은 일을 '그냥' 한다. 당장 돈 되는 일은 아니라도 그냥 해본다. 확실치 않은 가능성에 너무 많이 힘 빼지 않기로 했다. 그래도 꾸준히 공들여 볼 필요가 있겠다고 판단되는 일엔 조건 따지지 않고 책임감 있게 임한다. 하나둘 작은 성과가 또렷이 나올 때까지 계속해 볼 참이다.

안부에 대해 적으니 떠오르는 일이 있다. 같은 단지 앞에서 아이 유치원 버스를 태우다 보니 아침마다 자주 마주치는 한 엄마가 있었다. 서이와 같은 반 친구 엄마라고 했다. 반가운 마음에 인사를 건네며 가는 길에 몇 마디 나누다 그가 근처에서 공방을 운영한다는 걸 알게 됐다. 하고 싶었던 일이었기에 호기심이 일었다.

나중에 구경 가겠노라고 했고 어쩌다 보니 그곳에 진짜로 가 앉아 있었다. 평소 내게 궁금한 게 많았는지 상대는 이것저것 쉴 새 없이 물어온다.

"그냥 집에 계시는 줄 알았어요."

"아, 네. 집에 있는 건 맞죠."

이런저런 일을 하고 있다고 하니 조금 놀란 눈치다. 집에 있다고 해서 아무것도 하지 않고 가만히 있는 건 아니다. '집에 있다=논다'라는 인식은 어디 안 가나 보다. 어느 정도 예상은 했으나 확인하고 나니 씁쓸하다. 행여 아무것도 하지 않는다 한들 그게 어때서? 주부니 집에 있는 게 당연하지 않나. 집에도 할 일은 차고 넘친다. 그런데 묻는 의도가 마치 '너 뭐, 별 볼일 없지?' 하는 투로 느껴져 영 거슬린다. 예전에는 자격지심 때문이라고만 여겼는데 아닌 경우도 분명 있다.

밤 10시. 남편의 절친 둘이 쳐들어왔다. 사람도 들어갈 만한 대형 종량제봉투를 산타처럼 둘러메고서. 거대한 봉투에서는 캔 맥주와 마른안주, 봉지 과자가 끝도 없이 쏟아져 나온다. 예고 없이 갑자기 찾아오는 게 영 마음에 걸렸는지 편의점을 털어 맥주에 곁들일 안줏감을 종류별로 잔뜩 사 갖고 온 것이다.

남편의 오랜 동창들은 결혼 전부터 종종 만나왔기에 친근하다. 연고도 없는 곳으로 이사를 자주 다니다 보니 마음 붙일 곳 없어 허전했는데 간만에 식탁이 꽉 들어차니 좋다. 오랜만에 만나 안부를 묻는 그들에게 글을 쓰고 있다고 했다. 무슨 글을 쓰는지 궁금해하길래 대략 설명해 주고는 책이 나오거든 꼭 사서 봐달라는 멘트도 잊지 않았다. 냄비 받침은 많으면 많을수록 좋다고 '쭈구리' 모드도 돼봤다.

나를 대신해 설명할 수 있는 몇 가지 진지한 취미를 만들고 나서야 그것이 얼마나 요긴한지 알게 됐다. 예전 같으면 괜스레 쉬쉬하던 일들을 이제는 보란 듯이 말하고 언제까지 해낼 거라 공표까지 한다. 행여 끙끙 앓더라도 끝까지 해내려면 그쪽이 더 효과적이다. 못지키면 쪽팔리니까. 손가락 끝에 박힌 가시처럼 거슬려

서라도 꾸역꾸역하게 된다. 요즘은 뭐 하며 지내는지 누가 묻거든 책도 읽고 원고도 쓴다고, 블로그에 포스팅도 하고 투자도 이어가고 있다고 있는 그대로 얘기한다. 갑작스러운 질문에도 더는 당황하지 않게 됐다.

글을 쓰고 있다는 안부. 하나의 행위일 뿐인데 소속감마저 든다. 내 이름으로 된 책이 세상에 나오면(그대가 이 글을 읽고 있을 때쯤) '작가'라고 당당히 말할 수 있지 않을까. 앞으로 생길지 모를 새로운 명함에 확신을 담아 새길 단어가 하나씩 늘어간다.

> **TIP**
> 내 안부는 내가 만들 것.

9   그때, 그것을, 저질러야 해

그간 글 쓰는 일을 중요하게 여긴 적은 딱히 없다. 그저 답답해서 쓰기 시작했는데 쓰다 보면 나름 재미도 있고 몹쓸 기억력에 금세 증발해 버리는 일상을 붙잡아 두기도 좋아 기록할 뿐이었다. 주변에서 책을 내보면 어떻겠냐고 종종 물으면 그때마다 그게 당최 말이 되냐는 듯한 표정을 지은 뒤 고개를 절레절레 흔드는 것으로 답을 대신했다.

그러고 보니 고민한 적이 딱 한 번 있다. 대학 동기가 건넨 편지에 글 쓰는 일을 진지하게 한 번쯤 생각해 보면 좋겠다고 적힌 것을 봤을 때였다. 팔랑거리는 마음에 잠시 수긍했는데 느닷없이 한 요리 프로그램에서 백종원 아저씨가 하는 말을 듣고 금세 마음을 접었다 (뭐가 그리 찔렸는지 꼭 나한테 하는 말처럼 들렸다).

"엄마가 한 요리 집에서는 식구들이 다 맛있다고 하죠. 맛있다 맛있다, 팔아도 되겠다 하면서. 그런데 막상 음식점 차려봐요. 길들여진 식구들 입맛에나 맞지, 손님들에겐 평범한 맛일 뿐이에요."

내 글은 집밥 같은 걸 거다. 그저 나란 사람에게 애정이 남다른 지인들의 콩깍지 씐 평론일 뿐 그 이상도 이하도 아니겠지. 역시 관두는 게 좋겠다고 마음을 거뒀다. 현실 직시도 못할 만큼 둔하진 않으니까. 비겁한 이유를 이리저리 갖다 붙이며 이내 포기했다. 단념은 비굴하고 찜찜한 기분과는 별개로 시도하지 않았으니 낭패 볼 염려도 없다는 달달한 평온함을 대신 내줬다. 중독성 강한 그것을 나는 자주 써먹었다. 인생 목표가 '무

사안일'이라도 되는 양. 주부가 된 이후로는 거의 늘 그랬다. 지금 생각해 보면 그때 그냥 시작할 걸 그랬다. 미루고 미루다 결국 사고는 진즉 살 걸 그랬다고 후회한 건조기를 기억하는가. 기계 하나도 그런데 꿈은 오죽할까. 그 순간 당장 시작했다면 좋았을 텐데 시도조차 해보지 않아 후회로 남은 일들이 나이와 함께 늘어간다. 설득당해서든 근거 없는 자신감에 억지 부리든 그 밖에 어떤 연유가 됐든 나는 그때, 그것을, 저질렀어야 했다. 뒷북치며 이제 와 아쉬워하는 내 모습에 허탈한 웃음만 난다.

마흔이 넘어서까지 후회투성이 엄마로 남고 싶지는 않다. 곧 있으면 서이는 초등학생, 나는 학부모가 된다. 몸도 마음도 제법 성숙해진 아이들에게 나는 노파심에 분명 꿈이 뭐냐 묻고 싶어지리라. 아이들은 그러는 엄마는 뭐냐고 되물을 테고. 불현듯 괜히 물었다 싶은 마음에 얼버무리는 미래의 나를 상상하니 영 폼도 안 살고 애처롭게 느껴진다. 당황하지 않고 하고자 하는 바를 거리낌 없이 또박또박 얘기하는 엄마가 되고 싶다.

지금처럼 안일하게 지내면 죽도 밥도 안 될 거라 생각하니 조금 서글퍼진다.

엄마이기 이전에 내가 원하는 나를 떠올려 본다. 집에서만 중요한 사람이 아닌 세상에 필요한 사람이 되고 싶다. 아무래도 글을 써야겠다.

'이번엔 바로 해보는 거다.'

매일 6시 알람이 울린다. 옆에서 곤히 잠든 단이가 행여 깨기라도 할까 재빨리 끄고는 기지개를 늘어지게 켠다. 아쉬운 마음에 누워 조금 더 뒤척거린다. 오른다리를 굽혀 왼쪽으로 넘기며 허리를 비틀고 왼다리를 굽혀 오른쪽으로 넘기며 아랫배를 괴롭히듯 허리를 꼰다. 고개를 이리저리 돌리기도 하고 발끝을 위로 끌어당겼다 아래로 늘렸다 한다. 일어나기 3분 전이니 정신차리라고 온몸의 근육에 보내는 신호다. 욕실로 향한다. 부스스한 얼굴에 찬물을 사정없이 끼얹고 양치질을 한다. 식탁으로 가 물 한 모금을 마신다.

책상 앞에 앉아 '모닝 페이지'를 적는다. 이걸 오랜

기간 써왔다는 지영 작가에게 《아티스트 웨이》라는 책을 추천받았고 읽자마자 따라 하기 시작했는데 하길 잘했지 싶다. 모닝 페이지란 간단히 말해 아침 일기다. 잠에서 깨어나자마자 의식의 흐름을 쏟아붓듯이 적어 나가는 조금 특색 있는 일기. 온갖 상념을 털어내듯 적어 내려가다 보면 어수선했던 마음이 가벼워지고 개운해진다. 밤에 쓰던 걸 이른 아침으로 옮기고 책에 나온 약간의 규칙을 활용했을 뿐인데 한결 쓰기가 편해져 술술 써지는 게 신기하다. '지금 너 무슨 생각해? 요새 고민 있어?' 끊임없이 나 자신에게 묻고 답한다. 그날그날의 감정을 들여다보고 종이에 쏟아내며 하루를 상쾌히 연다. 한 페이지 이상 '깜지'처럼 빼곡히 채우는 게 습관이 되다 보니 여타 다른 글을 쓸 때도 제법 속도가 붙기 시작했다. 기껏 글을 써놓고도 마음에 들지 않아 속상할 때가 많았는데 지금은 어느 정도 내려놨다. 매일 꾸준히 쓰는 게 중요하다는 사실만 새기고 행동으로 옮길 뿐이다. 대략 한 시간 정도 어떤 주제든 상관없이 적는다. SNS, 한글, 메모 앱, 연습장 어디든지. 지금 쓰고 있는 원고는 한글 문서에 써둔 것을 긁어다 카카오톡 '나와의 대화' 창에 전송해 뒀다.

아직 잠이 덜 깬 아이들을 씻기고 먹이고 입혀 원에 보낸 뒤 부랴부랴 집에 왔다. 어질러진 거실 풍경에 뜨악하며 집안일을 해치운다. 날이 추워 그런가, 몸이 나른해 눕고 싶다. 오전 내내 수고했으니 충전도 할 겸 안방 침대로 향한다. 이렇게 이유 없이 몸이 처질 때 주로 두 가지를 번갈아 하는데 1. 비스듬히 등을 기대고 앉아 책을 읽거나 2. 옆으로 누워 새우잠 자는 자세로 폰을 들고 메모 앱에 글을 적는 것이다. 아침에 한글에서 PC 카톡으로 보내놓은 글을 복사해 메모 앱에 붙여넣기 한 다음 이어 써 내려간다. 언제든 틈만 나면 수시로 쓸 수 있어 매우 유용하다. 메모 앱에서 수정하거나 덧붙인 글은 다시 카톡으로 전송해 둔다. 그리고 컴퓨터를 켜면 한글로 '복붙'한다. 주거니 받거니 몇 번 하다 보면 금세 한 꼭지 분량이 채워진다. 느린 내가 그나마 빠르게 할당량을 쓸 수 있는 나름의 노하우다.

나는 별것 없는 주부다. 그래서 별스러운 뭔가를 해내면 더 눈에 띄는지도 모르겠다. 그 점을 감사히 여기며 매일 글을 쓴다. 없는 시간 쪼개 조금이라도, 잘은 못 써도 시도 때도 없이 적고 또 적는다. 일단 시작하고 멈추지 않았더니 지금은 주부와 작가 그 사이 어딘가쯤 있다.

내 글이 행여 뭔가 빠진 미흡한 맛의 집밥이라 한들 그게 단념의 이유가 될 수는 없다. 실체 없는 두려움이 실은 별것 아니었다고 여겨질 때까지, 손에 잡힐 만큼 또렷한 뭔가로 나타나 줄 때까지 그냥 한번 힘 빼고 해볼 참이다.

TIP
지금 바로 냉큼 시작할 것. 그게 무엇이든.

10　　　　　　　　　　　　　　　　　부업주부

근래 두 번의 만남이 있었다. 한 번은 흔히 '워킹맘'이
라 부르는 복직을 앞둔 엄마와의 자리였고 또 한 번은
일명 '전업맘'이라 일컫는 나 같은 주부와의 만남이었
다. 두 약속은 그리 길지 않은 텀을 두고 연달아 있었고
그래서인지 의도치 않았으나 두 그룹의 문화랄까, 특
징을 견줘보게 됐다. 양쪽 모두 가볍게 차 한 잔 마시는
자리였는데 오가는 대화, 주체, 방식, 그 모든 게 달랐
기 때문이다. 성향 차를 감안하고 보더라도 그랬다.

아이들과 이어진 관계는 보통 자녀 얘기로 흘러가기 마련이다. 어린이집에서 어떤 일이 있었는지, 낮잠은 잘 자는지, 원에 전달할 건의 사항은 없는지, 근처에 어디 놀러 갈 만한 괜찮은 곳은 없는지, 그 밖의 교육, 아이들 성장에 관한 얘기들. 물론 친해지면 못할 얘기가 없겠지만 초면이거나 몇 번 만나보지 않은 상태라면 대개 그랬다.

그런데 워킹맘과 둘이 만나니 대화 주제가 극명하게 달라져 흥미로웠다. 아이로 인해 만났지만 아이들 얘기는 옵션일 뿐 주체는 아니었다. 엄마로서의 역할이 아닌 마주 앉아 있는 두 '사람'에 관한 내용이 주를 이뤘다. 뭘 좋아하고 무슨 일을 하는지, 요즘 어떤 생각을 하며 지내는지, 각자의 가치관이나 신념에 관한 얘기를 나눴다.

그러고 보니 예전에 호된 감기에 걸려 혼자만 못 나갔던 모임이 있어 그때 만남은 어땠는지 물었다. 꽤 오랜 시간 함께했다고 전해 들었는데 무슨 얘기를 그렇게 즐겁게 했냐 하니 "애들 얘기하다 왔죠, 뭐" 한다. 묻지 않아 아마 본인이 경찰이라는 건 아무도 모를 거라면서. 처음엔 몇 시간 동안 대화를 나누는데 직업을 모를 수 있나 싶었지만 다시 생각해 보니 충분히 그럴 수 있겠다 싶다. 주부는 잠재적 백수니까. 굳이 무슨 일을 하는지 물을 이유는 없었다. 반기는 질문도 아니고. 적어도 나는 그랬다.

직업이 경찰이라는 말에 나도 모르게 반사적으로 "멋지세요!"라는 말이 튀어나왔다. 나는 글을 쓴다고, 작가가 되고 싶은 주부라고 소개했다. "책도 읽고요, 블로그도 운영해요. 재테크에도 관심 많아요." 처음 만났는데도 할 얘기가 끊임없이 쏟아져 나왔다.

내 일이 있다는 건 그런 거였다. 나라는 사람을 대신해 주는 근거 같은 것. 꼭 일이어야만 하는 건 아니지만 보통의 언어로 소통하려면 별수 없었다. 사람들이 정해놓은 약속 같은 거랄까. 경찰이라 하면 떠오르는 이미지나 분위기가 있는 것처럼 주부 또한 그랬다. 뭐 하냐 물으면 괜스레 말을 아끼게 되고 자신감이 없어지는 이유도 아마 '전업주부'라는 단어 뒤에

딸려오는 사람들의 편견과 한량 같은 이미지 때문 아
닐까. 다른 주부들과 얘기를 나눠봐도 대체로 비슷했
다. 딱히 자신에 대해 할 말이 없기도 했고 여타 다른
주제로 얘기하기엔 그만한 친분이 있는 것도 아니니
그럴 만도 했다.

평소 집순이자 아웃사이더를 자처하는 나로서는 아
이 엄마들과의 교류가 그리 흔한 일은 아니었다. 막연
한 거부감 같은 게 있었다. 어차피 아이들 관계가 멀어
지거나 이사를 가면 끊어질 사이 아닌가 싶어 조금 시
큰둥했다. 하지만 돌이켜 보면 귀한 인연도 많았다. 똑
같이 만나 친하게 지내다가도 누군가는 남남이 되고
또 누군가는 간간이 연락을 이어가며 지낸다. 그 차이
가 뭘까. 남은 사람들과의 관계는 내게 어떤 의미일까.
아마도 자신을 드러내는 방식에 영향을 받는 듯하
다. 닮은 면은 반기고 다른 면은 받아들이는 존중, 고민
을 나누며 인간 대 인간으로 주고받는 연민, 솔직함 그
리고 그 이상 어떤 것도 바라지 않는 내려놓음. 이런 배

려가 자연스레 오가는 사이라면 끊어지려야 끊어질 수가 없겠다. 그들과의 관계에선 주눅 들 필요도 못할 얘기도 없다.

어쩌다 지인 집에 놀러 가 잘 정돈된 깔끔한 집에 정갈하고 따뜻한 밥상을 보면 나 같은 '무늬만' 주부는 존경심이 인다. 세상에, 이거 만들려면 손도 많이 가고 시간도 오래 걸리는데. 감사히 먹으며 호강에 겨워 어쩔 줄 모른다. 당연하다는 듯 얘기하는 주부들의 겸손은 미덕이다. 절대 당연하지 않다. 시간도 수고도 많이 드는 대단한 일을 하고 있다.

우리는 중요한 사람이다. 가치 있는 일을 하는 사람이고. 그러니 어깨 쫙 펴기. 움츠러들수록 사람들이 가진 주부의 부정적 이미지는 굳건해질 수밖에 없으니까.

주부라는 내 직업을 좋아하기로 마음먹는다. 여기에 더해 '전업' 대신 '…도 하는' 주부가 된다면 더 자랑스러울 것 같다. 주부라는 타이틀 아래 이것저것 시도해보는 지금의 내가 좋다. 언젠가 뒤에 달린 주부를 빼고 사람을 붙여도 전혀 부족함이 느껴지지 않게 되길. 오늘도 나는 내 일부터 하고 집안일은 나중에 한다. 나는 '부업주부'다.

> **TIP**
> '···하는' 주부로 더 당당해질 것.

11

어디서나 당당하게 바쁘기

오랜만에 친정 엄마가 집에 오셨다. 새로 이사 온 동네에 자리가 나지 않아 서이, 단이가 한동안 원에 가지 못했다. 아이들이 종일 집에 있으니 퇴고를 이어나갈 수 없어 염치 불고하고 엄마에게 도움을 청했다. 저녁쯤 도착한 엄마가 벨을 누르니 남편이 문을 열어줬다. 저녁 준비 하느라 분주한 그를 보고 엄마는 다소 민망해하는 듯 보였다. 딸이 해야 할 일을 어째서 사위가 하고 있는지 조금 놀란 눈치였다.

"진경이는 뭐 하고 강 서방이 이러고 있어?"

"어머님, 그 사람 지금 바빠요, 놔두세요."

미리 남편에게 얘기해 놓은 터였다. 당신도 회사에서 일이 잘 안 풀리거나 마무리가 덜 된 채 집에 오면 영 찜찜하고 집안일이 눈에 잘 안 들어오지 않느냐고, 지금 내가 그런 상황이라고 털어놨다. 똥만 싸놓고 며칠째 닦지 못하고 있는 것 같다며 적나라한 비유도 덧붙였다. 생각이 다른 데 가 있으니 뭘 해도 집중이 안 되고 붕 뜬 채 지내는 느낌이었다. 그런 내 불안감이 전해졌는지 그는 알겠다고 했고 며칠간 마무리 작업을 할 수 있도록 퇴근 후 저녁도 차리고 애들도 살뜰히 봐줬다.

다음 날 아침, 남편이 출근하니 엄마가 조심스레 어제 일에 관해 운을 뗀다. 뭐 그리 할 일이 많은지 이리저리 뛰어다니며 바삐 저녁을 만들더라고. 퇴근하고 와서 피곤할 텐데 저녁까지 차리는 사위 모습이 짠해서 불편한 마음에 본인도 안절부절못하고 있었다고.

엄마 입장이 어땠을지 이해가 됐다. 하지만 단호하게 얘기했다. 다음에도 또 그런 광경을 보거든 그냥 그러려니 넘어가 줬으면 좋겠다고. 엄마가 너무 이상하다는 듯 호들갑 떨면 어렵게 얻어낸 내 시간도, 주부가 자기 일에 욕심을 내는 것도 전부 있어서는 안 될 잘못된 일이 돼버릴지도 모른다고, 나는 그걸 원치 않는다고 당부했다.

처음에는 집에서 일어나는 모든 상황마다 마치 내가 빠지면 안 될 것처럼 굴었다. 가족들 역시 그랬다. 책도 직접 읽어줘야 하고 정리 정돈도 늘 하던 사람이 계속 해야 할 것처럼 여겼다. 냉장고 속 식재료를 빠삭하게 꿰고 있는 게 나니까 요리도 내가 하는 게 당연했다. 하지만 당연하다고 여기던 일들을 하나씩 내려놓고 나니 굳이 엄마가 직접 챙기지 않아도 아이들이 스스로 할 수 있는 일이 늘어났다. 도와주던 남편이 오히려 마누라보다 잘하게 되는 일도 생겼다.

똑같은 어린아이 둘이서 뛰어놀다가 넘어져도 한 아

이는 아무렇지 않게 벌떡 일어나 씩씩하게 다시 뛰어 놀고 다른 한 아이는 넘어진 채 혼자 일어서질 못하고 버둥거리며 울기만 한다. 걱정되지만 무심한 척 기다려 주는 엄마와 도와준다는 명목 아래 달려가 아이를 일으켜 세워 스스로 일어설 기회를 빼앗는 엄마가 만든 차이다.

옳고 그름의 문제는 아니다. 그저 추구하는 가치에 따라 같은 조건에서도 과정이나 결과가 달라질 가능성을 보여준다고 생각한다. 인간은 적응의 동물이다. 반대로 얘기하면 적응시키는 대상이랄지, 옵션값이 있다고도 해석할 수 있다. 나는 우리 집 식구들이 내가 꿈을 성실히 좇을 수 있도록 응원하고 배려하는 사람이 되길 바랐고 그런 분위기를 만들어 나가기 위해 노력했다. 연신 뭔가를 열심히 하려고 하는 것도 노력이지만 굳이 그렇게 하지 않아도 되게끔 하는 것 또한 노력이될 수 있다. 어떤 이들에겐 후자가 더 어려운 일일지 모른다. 특히 희생적인 엄마, 헌신하는 착한 아내일수록 그럴 것이다.

하지만 이런 인식이나 분위기는 만들어 나갈 수도, 원한다면 노력해서 충분히 바꿀 수도 있다. 안 될 일이라고 해보기도 전에 지레짐작 도망치지만 않으면 된다. 누군가는 쯧쯧 혀를 찰지도 모른다. 뭐 저런 무책임한 주부가 다 있냐며 손가락질할지도 모르겠다. 하지만 그건 그저 그 사람만의 편견이다. 우리 집 평화에 하등 도움되지 않는 개인 의견일 뿐이다. 내가 당당하고 내 남편이 그 당당함을 인정해 주는데 더 뭐가 필요할까.

주부가 살림 말고 자신의 개인 목표를 추구하는 것은 인간이기에 자연스러운 일이다. 내가 그렇게 믿어야 상대도 그대로 받아들일 수 있다. 남편의 배려를 당연하게 여기지만 않으면 된다. 고마움을 표하고 그의 희생을 알아주면 된다. 그가 도움이 필요해 부탁할 때나 또한 그것을 흔쾌히 받아들이고 똑같이 해주면 그뿐이다. 심각하게 미안해하지도, 굽신거리며 비굴해지

지도 않을 거다. 그래야 나도, 내 일도 초라해지지 않을
수 있으니까.

12

나는 방으로 출근한다

'조기육퇴'할 테니 남편에게 애들을 봐달라고 했다. 저녁 설거지 마친 8시 이후로 이 집에 나는 없는 사람으로 여겨달라 하니 남편이 당황한다. 그럼 나는 언제 쉬냐고 묻는다. 아이들 재우고 쉬라 하니 엄마가 곁에 없으면 애들도 잘 안 잔다고 한다. 마음이 흔들리지만 단호하게 얘기한다. 다 적응하기 나름이니 한 번만 해봐달라고.

욕심이라는 걸 인정한다. 욕심이 났다. 남편도 힘들

다는 걸 안다. 출퇴근은 분명 고된 일이다. 하지만 적어도 남편의 경력은 쌓여가고 있다. 직급이 높아지며 연봉도 오르고 후임들의 신임도 두터워졌다. 그런 그가 자랑스러웠다. 그리고 부러웠다. 나는 '경단녀'로 굳어져 간다. 아이들이 클 때까지만이라고 생각했던 게 어느덧 6년 전이다. 방에 들어가 쉬겠다는 거 아니니 나도 출근해서 일할 시간 좀 갖게 해달라고 사정했다. 남편의 흔들리는 눈빛을 보며 간절함이 통했나 싶었는데, 아무래도 어려울 것 같다고 일관한다. 슬슬 오기가 생긴다.

3년 가까이 이어온 자기계발은 충분한 확신을 줬다. 다시 내 일을 가질 수 있을 것 같다는 기대감에 부풀었다. 아이들이 모두 잠들고 나서도 쉬이 잠이 오질 않았다. 외벌이인 남편의 부담을 덜어주고 싶은 마음이(그는 기대하지 않아도) 앞섰다. 내 것을 되찾고 싶기도 했다.

출근하지 않고 돈 벌 방법을 찾아야만 했다. 지금까지는 당연하다는 듯 단기 임시직을 택했다. 내가 가진 시간과 노력을 제공하고 그만큼의 값을 돌려받는 일들만 떠올랐다. 하지만 아이가 생긴 후로는 그마저도 썩 내키지 않았다. 무엇보다 돈과 바꾸고 싶지 않을 만큼 내 시간이 너무도 소중하게 여겨졌다. 아이로 인해 개인 시간이 턱없이 부족해서기도 했고 로버트 기요사키의 책이 준 영향이 크기도 했다. 원하는 일을 하게 되기까지 시간을 벌려면 나를 대신할 일꾼이 필요했다. 부동산 투자가 제격이었다. 관련 서적을 닥치는 대로 읽었다. 공부량과 투입 시간, 늘어가는 책의 권수에 비례해 확신도 커져갔다. 겁도 의심도 많아 한번 실행에 옮기려면 그만큼의 철저한 노력이 요구됐다. 매도 후 실제 수익이 생겼고 미실현이익도 적지 않았다. 하지만 일련의 과정을 진행하기까지 지난하고 갑갑한 시간을 견뎌내야 했다. 지독하다 싶을 만큼 아껴야 했고 여태 모르고 살았던 세상의 지식과 신념도 필요했다. 그리고 그걸 구하는 데 드는 시간도. 하지만 독서나 공부는 그저 취미 취급받을 뿐 노력으로 인정받기 어려웠다.

생계 고민 없는 안정된 상황에서 창작 관련 일을 돈

과 시간 부담 없이 하고 싶었다. 그러려면 집도 필요했고 여분 수익도 있어야 하는데 단순히 절약만 해서는 택도 없었다. 서이가 초등학교에 입학하면 사교육비도 분명 늘어날 터였다. 걱정스러운 마음에 남편에게 복잡한 심경을 전하고 이런저런 서운함을 토로했다.

"애들 더 크고 나면 나도 다시 일할 수 있게 도와줘."

가족 모두를 위해 의미 있는 시간을 보내겠다고 설득했다. 진심이 통한 걸까. 이후 남편은 달라졌다. 그렇게도 집착하던 '8시'는 결국 지켜지지 않았다. 예상은 했다. 하지만 적어도 인식을 바꾸는 데는 성공했다.

행여 아이들이 문을 쿵쿵 노크하거나 시끄럽게 떠들기라도 하면 엄마 지금 공부하는 중이니 방해하지 말라고 아이들을 제지해 주는 든든한 지원군이 됐다. 아내의 시간을 존중해 주기 시작한 것이다. 간혹 따뜻한 차나 간식을 갖다주는 센스를 발휘하기도 한다. 엄마가 없으면 잠들기 힘들다 했던 아이들도 금세 익숙해져 아빠하고도 수월하게 잘만 잔다. 왜 해보지도 않고 못할 거라고만 여겼을까. 이렇게나 잘 자는 기특한 녀석들인데. 서이가 종종 방문을 나서며 딸깍 잠금장치를 누르고 문을 닫아줄 때도 있다. 엄마의 일을 응원하고 문을 닫아주는 행위에서 자신도 뿌듯함을 느끼는 듯했다. 우려와는 달리 오히려 아이들은 변화된 환경을 열린 마음으로 수용할 줄 알았다.

나는 이제 살림만 하는 엄마가 아니다. 방에 들어가 글도 쓰고 공부도 한다. 아이들이 더 크면 얘기해 주고 싶다. 엄마가 비록 수시로 옆에 붙어 놀아주지 못할 적은 많았지만 그 덕에 하고 싶은 일을 포기하지 않을 수 있었다고. 고맙고 미안하다고, 덕분에 여기까지 올 수 있었다고 마음을 전해야지.

책상 앞에 가만히 앉아 있는데 눈가가 달아오르고 시야가 흐려진다. 내 시간을 인정받는 건 나를 인정받는 것이나 다름없었다. 당당히 요구할 수 있기까지의 과정이 머릿속에 스친다. 눈치 보여 입 밖으로 차마 꺼내지 못하고 속으로만 되뇠던 말들. 나도 내가 원하는 게 뭔지 찾아 다시 해보고 싶다고, 그러려면 시간이 필요하다고. 그뿐인데, 이게 뭐라고 그렇게 힘이 들었을까.

미국 철학자 존 듀이는 인간 본성의 가장 깊은 열망 중 하나는 '중요한 사람이 되고픈 욕망'이라 했다. 윌리엄 제임스는 '인정받고 싶은 갈망'이라 표현했다. 표현만 다를 뿐 의미는 같다. 중요한 사람이라는 느낌, 단지 그것 하나다.

나는 뭘 해낼 수 있을까. 그저 약간의 시간이 더 주어졌을 뿐인데 뭐든 다 할 수 있을 것 같다. 이미 중요한 사람이 된 것 같다.

나는 매일 방으로 출근한다. 믿음만큼 더 중요한 사람이 되기 위해. 오늘도 기쁘게 야근을 한다.

TIP

시간을 쟁취할 것.

13   경력 단절? 아니, 경력 환승!

몇 년 전 가장 가깝게 지내던 24년 지기와의 관계를 끊었다. 그즈음 대학 동기 몇 명과의 인연도 정리했다. 허탈하고 절망스러웠지만 앞으로의 날들을 생각하면 그게 옳다고 판단했다. 긴 시간 끈질기게 이어온 관계였다. 예상은 했으나 서글픈 마음은 생각보다 오래 남아 나를 괴롭혔다. '손절'의 시기였다.

　1. 시간 2. 만나는 사람 3. 사는 곳. 이 세 가지가 달라지면 사람이 달라진다고들 한다. 나는 사람이든 물건

이든 기존 것에 애착이 강하다 못해 집착이 과했다. 그래서인지 관계 폭이 넓지 못했다. 오래된 사람과의 깊이 있는 만남만 고집했다. 몇몇 건강치 못한 관계를 정리하고 나서야 알았다. 때론 깊은 관계가 수렁이 될 수도 있다는 사실을. 하나에만 푹 빠져 있는 동안 다른 기회를 발견할 시야가 가려지기도 한다는 것을. 가까스로 헤어 나오고 나니 내게 더 잘 맞고 서로에게 힘이 돼줄 수 있는 새로운 인연과 닿을 수 있었다. 시간을 관리하고 만나는 사람을 달리하고 사는 환경을 바꿔나가고 있는 지금에 만족한다. 돌이켜 보면 손절이 아니라 더 나은 쪽으로의 '환승'이었던 것 같다.

사정이 생겨 원치 않게 기존 일을 이어가지 못하고 끊어내야 하는 상황이 올 때가 있다. 그럴 때 단절이라는 단어는 잠시 잊고 그저 변화의 시작이라고 여겨보면 어떨까. '경력 단절'이라는 말에 갇히지 말자. 단절이 아니라 '기회'일 수도 있다. 둘 중 어떤 단어로 굳어질지는 스스로 만들어 가기 마련이지 않을까. 하던 일을 이어갈 수 없다고 해서 '단절'이라는 표현을 쓰는 건 조금 극단적이다. 다른 뭔가로 대신 채우거나 더 나은 방향으로 튼다고 생각하면 단절은 단절로만 머물지 않는다. 끊어진 경력에 이젠 쿨하게 안녕을 고할 것. 지금 상황에서 날 위해 더 이로운 게 뭘지 진지하게 한번 고심해 보는 거다.

한 가지 일에 묶여 시간을 쏟아야만 하는 워킹맘에 비해 주부는 비교적 자유로운 편이다. 그러니 다양한 일을 찾아볼 수 있지 않을까. 요즘 같은 세상에 뭔가 찾아본다는 건 결코 어려운 일이 아니다. 포털 검색창, SNS, 유튜브 등 여러 프로그램을 통해 관심 있고 흥미로운 주제나 활동을 얼마든지 알아볼 수 있다. 나는 책과 강의를 통해 내가 나아갈 방향을 잡았다.

충분한 시간이 주어지면 그제야 뭔가 할 수 있으리라 여겨졌지만 그 반대였다. 아무것도 하지 않아도 되는 순간이 오면 해야 할 필요성조차 느끼지 못해 몸도 마음도 느슨하게 풀어지고 만다. 오히려 육아와 살림에 끌려다니며 바빠지니 내 시간과 일이 간절해졌다. 육아만 아니면 뭐든 즐겁게 할 수 있을 것 같았다(아이들이 들으면 조금 서운해할지도 모르겠다). 주부가 되고 난 뒤 이력이 끊긴 건 사실이다. 하지만 좀처럼 없는 기회가 왔다는 것도 어렴풋이 느낄 수 있었다. 바로 평소 해보고 싶었던 것을 시도해 볼 기회.

하고 싶은 게 뭔지 명확히 알기까지 참 멀리 돌고 돌아 오래 걸려 도착했다. 시간은 늘 없고 의지는 있다가도 사라졌다. 인정과 수용이 먼저였다. 지금의 나와 내 상황을 받아들이고 '그럼에도 불구하고' 할 수 있는 일들을 해보기로 했다. 나는 내 매니저니까. 가사노동 시간 외에 뭘 시도해 볼지, 시간은 어디서 끌어올지 넌지시 일러주고 용기를 북돋웠다.

이 글을 쓰고 있는 동안에도 예외는 없다. 공저 퇴고, 독서 모임 참여, 다음 책 기획안 구상, 전자책 목차 구성, 다음 투자처 지역 분석 등. 그저 하고 싶어서, 해보면 좋을 것 같아서 하는 일들이다. 전업이 주부인데 뭔들 못할까. 숨어서 꼼지락거리기 딱 좋다. 하다가 싫어지면 그냥 취미로 했다고 얼버무려도 되고. 행여 잘되면 생색도 내고 자존감도 채우는 거다.

딴생각 끼어들 틈 없이 하나가 끝나면 그다음 할 일을 만들어 놓는다. 그게 당연해지다 보니 어쩌다 아무 것도 하지 않고 집안일과 육아만 하는 날이 오히려 어색하다. 새로운 목표가 생기면 설레발치듯 주변 지인들에게 소문낸다. 빼도 박도 못하게 여기저기 얘기해 놓는다(이 책 역시 그랬다). 못 지키면 민망해지니 막중한 부담감 때문에라도 하게 된다. 내뱉는 순간 약속이 되니 지키고 싶어 안달 나는 마음을 노린다. 조금 모진 방식으로 나아가기로 했다.

물론 말만 해놓고 지키지 못한 일도 꽤 된다. 하지만 해봤다는 자체만으로 적어도 한 가지는 명확히 알 수 있었다. '이 시도는 나랑 별로 맞지 않는구나' 하는 사실. 불필요한 잔가지 하나 더 쳐내고 나면 '선택'과 '집중'을 할 수 있어 좋다.

한 사람이 어떤 계기로 언제, 무엇에 꽂혀 변화하게

될지는 아무도 모른다. 막막하게 느껴지지만 한편으론 희망적이기도 하다. 계기가 될 만한 일들을 되도록 자주 벌이면 되니까. 가만히 있으면 아무 일도 생기지 않는 건 어찌 보면 당연하다. 하지만 내가 세상에 먼저 신호를 보내면 얘기가 달라진다. 보낸 만큼 정직하게는 아니더라도 100개를 보내면 적어도 하나 정도는 응답이 돌아오지 않을까. 그 기대로 매일 한 가지씩 묵묵히 뭔가를 반복해 해보는 거다. 1년이면 365개의 작은 신호를 쏘아 올릴 수 있다. 어느 날 어느 시점에 어떤 기회가 찾아와 와락 안길지 모를 일이다. 어디로 나아갈지 모를 점 하나가 찍히면 다음 점 하나 더 늘리는 건 어렵지 않다. 변화의 출발선이 수줍게 그어지는 타이밍이다.

전업주부이기에 잡을 수 있는 기회를 놓치지 말길. 경력 단절이 아니라 경력 '환승'이다.

TIP
변화의 출발선을 그어줄 작은 점 하나 찾을 것.

14 **사랑하는 나에게**

지금의 내 모습을 보며 간혹 놀란다. 남편은 주부가 직장인보다 바쁘다며 기가 차다는 듯 웃는다. 그 말이 참 고맙고 기분 좋게 들린다. 살림 말고도 할 일이 많아졌다니. 나도 원래 밖에선 꽤 쓸모 있는 사람이었다고 속으로 조용히 외치고 있었는데 이제야 알아주는 듯해 흐뭇하다.

예전에는 뭘 하며 지냈지 기억을 더듬어 보니 멍하니 TV 보며 빨래 개키고 혼자 밥 먹던 새댁이 떠오른다. 말 안 통하는 아이와 실랑이하며 답답함에 눈물이 그렁했던, 가여운 초보 엄마가 있었다. 공허한 시선으로 놀이터에서 노는 아이를 물끄러미 바라봤다. 축 가라앉은 마음을 길바닥에 하소연하며 가까스로 달랬다. 눈부시게 푸르른 하늘을 봐도 갇혀 있는 듯 갑갑하기만 했다.

집안일 말고 다른 일로 바쁘고 싶다던 소박한 바람은 이미 이뤘다. 내가 언제 울적했던 적이 있긴 한가 싶다. 헤매는 건 여전하지만 이전과 달라진 게 있다면 우울한 방황이 아닌 건강한 고민이라는 점이다.

때로 뜻대로 되는 일 하나 없고 온통 마음에 안 드는 것투성이인 날도 찾아온다. 이유 없이 우울할 땐 어디에 풀어야 할지 몰라 애꿎은 남 탓만 하는 날도 여전히 있다. 도무지 통제되지 않는 일상에 녹다운당하는 순간. 그런 와중에 내 모습이 흡족하면 신기하게도 세상이 살 만하게 느껴진다. 모처럼 기대 없이 쓴 글이 마음에 썩 든다거나 외출하려 대충 꾸몄는데 내 눈에 괜찮게 보일 때, 나의 쓸모를 알고 누군가 나를 필요로 할 때, 감사 인사나 칭찬을 들었을 때. 힘든 상황에도 그럭저럭 너그러이 넘길 수 있는 여유가 생긴다. 도무지 이해 안 되던 타인의 행동도, 평소 마음에 걸리던 고민거리도 관망하듯 바라보며 웃어넘길 수 있게 된다.

요즘은 나를 위하는 일에 당당해졌다. 내 시간을 달라고 부탁하고, 혼자 있을 때일수록 잘 챙겨 먹고, 필요한 물건을 돈 아낀다고 미루지 않고 스스럼없이 산다. 내 방, 내 책상 앞에 앉아 내 컴퓨터로 일을 하고 '진경' 폴더에 내 작업물을 저장한다. 그러지 않았을 때는 해야 하는지도 몰랐던 일들을, 익숙해지니 당연하다는 듯하고 있고 앞으로도 그럴 것이다.

내가 먼저 당연하다고 여기니 아이들과 남편도 그렇게 여긴다. 나를 챙겨달라고 울부짖을 게 아니라 내가 나를 먼저 아껴야 했다. 설사 지금 내 모습이 마음에 들지 않을지라도 '누가 뭐래도 나를 사랑할 것'. 별표 다섯 개. 결혼하고 가정 꾸리고 아이 낳아 키우는 일련의

과정 또한 결국 나를 알아가고 사랑하기 위함임을 잊지
말기를.

1. 완벽하지 않아도 돼.

2. 꿀 뚝뚝 눈빛으로 나를 바라봐 주고 믿어주기.

3. 나는 뭐든 다 할 수 있는 사람이라고 얘기해 주기.

4. 1~3을 끊임없이 상기하기.

5. 지금도 충분해.

6. 1~5번 수시로 말해줄 사람이나 책 곁에 두기.

겉으로 보이는 것들은 대개 변하고 만다. 암만 지키
려 안간힘 쓴다 한들 어느 순간 맥없이 스륵 빠져나가
버린다. 하지만 보이지 않는 것은 단단하고 굳세다. 충
분한 시간과 노력으로 쌓아 올린 자존감, 오랜 기간 주
고받아 견고해진 신뢰, 적절한 균형 감각, 평온함, 결연
한 의지 또는 깨달음. 내면을 꽉 채우면 심란한 상황에
서도 흔들리지 않는 자신의 모습을 흡족하게 바라볼
수 있다.

다른 누구도 아닌 나 자신으로 내 자리에서 온전한 기쁨을 느끼는 것. 그게 살아가는 이유이자 전부 아닐까.

TIP

'나를 사랑하는 방법' 목록을 잘 보이는 곳에 붙여둘 것.

퇴고 기간이 길어지며 내 글에 대해, 기억에 관해 그사이 많이 무뎌졌다고 생각했다. 지난해 눈물 콧물 범벅된 채 쓴 글을 이듬해 고쳐나가며 이제 힘든 감정이 많이 누그러진 것 같다고 안도했다. '이제 정말 마지막이야, 진짜, 정말!' 하고 다시 읽으며 웬걸, 또 터졌다.

수정 반영한 원고를 정리해 보내기로 했던 기한이 지나고 나서도 이사에다 온 가족 열감기까지, 마무리는커녕 컴퓨터 앞에 앉아보지도 못한 채 사흘이 흘렀다. 아파서 누워 앓은 며칠을 제외하고는 밥 짓고 치우고 집 정리하고 AS를 신청하는 따위의 일로 순식간에 일주일이 갔다. 서이, 단이의 열은 40도를 찍었고 밤새 보초 서가며 물찜질을 하고 해열제 먹일 시간을 체크했다. 집에서 아이들 보살피고 찬거리를 고민하다 미뤄둔 퇴고 걱정이 밀려왔다. 물론 언제든 원래 패턴으로 돌아가 진행하던 일을 잘 마무리 지을 거란 걸 안다. 여태 그렇게 해왔고 앞으로도 그럴 테니까. 하지만 내 의지와 상관없이 상황과 역할에 끌려다니는 느낌은 언제 겪어도 찝찝하고 달갑잖다.

그래서 내 글을 다시 읽을 때마다 자꾸만 이성을 잃고 마음이 요동치나 보다. 간단하게 썼지만 결코 쉽게 한 건 아니잖냐며 속에 있는 내가 자꾸 야단이다.

몇 년 뒤 나를 상상하며 오늘을 지낸다. 원하는 몸이 되려면 매일 운동을 얼마나 해야 하는지, 되고자 하는 작가가 되려면 얼마나 많은 양의 책과 글을 읽고 써야 하는지, 좋은 엄마가 되려면 어떤 마음과 태도를 지녀야 하는지 수시로 가늠해 본다. 지금 이 순간을 잘 챙겨야 그토록 바라는 '언젠가'도 올 테니까. 매일 이어가는 루틴과 그 루틴이 모인 하루가 면면히 이어져 비로소 바라던 모습이 되리란 걸 알기에 무척이나 값진 오늘이다.

엄마이고 주부여서 왠지 조금 꺼려지는 일일수록 보란 듯이 더 할 거다. 역할에 갇히지 않고 진짜 바라던 내가 되기 위해. 지금 안 하면 또 한참 잊고 시작도 못 할 일들, 그런 일들을 이 책이 나온 뒤에도 용기 내 하나하나 해보려 한다. 더 늦기 전에, 마음에만 품고 있다가 날아가 버리기 전에. 그리고 그 뒤에 따라오는 더욱 희망적인 'ssul'은 다음 책에서 기쁘게 풀어보련다.

주부는 주부의 시간을 걷는다. 아이들과 보폭을 맞추고 남편과 눈짓을 주고받으며 적절한 속도로 나아간다. 바깥세상과는 조금 다른 방식의 삶을 기꺼운 마음으로 감내하려 애쓴다. 엄마의 임무를 해내고 아내의 역할을 소화해야만 이어갈 수 있는 과제를 시간 쪼개 완수하는 게 때로는 버거웠다. 내가 원해 얻어낸 것인데도.

아마도 가족들의 협조가 없었다면 포기했을지도 모르겠다. 그들에게 내줘야 할 시간을 조금 더 내게로 끌어와 쓰고 그들과 함께해야 할 시간에 내게 유용하다고 생각되는 일을 하는 동안 마음이 불편했지만 애써 모른 척했다. 그렇게 했기에 이 책이 나올 수 있었음을 부디 이해해 주길, 염치없이 바란다.

글 쓰는 동안 내 손은 좀 고와진 것 같은데 나를 대신해 주부습진을 가져간 우리 집 주부 9단 '내편'에게 고맙다는 말을 꼭 전하고 싶다.

마지막으로 '전업주부'를 직업 프로젝트 일환이라 여겨 고마운 기회를 준 혜윰터 이세연 대표님과 다 죽어가는 소리로 잘 모르겠다며 질척댈 때마다 다정한 배려로 이끌어 준 편집자님께도 깊은 감사를 표한다.

주부, 퇴근하겠습니다

초판 1쇄 발행 2023년 8월 17일

지은이	최진경
펴낸이	이세연
책임편집	주리아
교정교열	강설빔
디자인	최성경
제작	npaper

펴낸곳	도서출판 혜윰터

주소	서울특별시 마포구 토정로 222 한국출판콘텐츠센터 301-1호
이메일	hyeumteo@gmail.com
인스타그램	www.instagram.com/hyeumteo

ⓒ최진경, 2023

ISBN　　　979-11-980161-3-3　　　03810

값은 뒤표지에 있습니다.
잘못 만들어진 책은 구입하신 서점에서 바꿔드립니다.